Automne 1995

Dominique Lebel

Automne 1995

Robert Laffont
QUÉBEC

La maison d'édition Robert Laffont Ltée a fait tout ce qui était en son pouvoir pour retrouver les copyrights. On peut lui signaler tout renseignement menant à la correction d'erreurs ou d'omissions.

Révision linguistique : Noémie Thibodeau
Correction d'épreuves : Hélène Barraud
Design de la couverture : Luc Gervais
Photo de couverture : Shutterstock
Photo de l'auteur : Laurence Labat photographe

Dépôt légal : 4e trimestre 2023
Bibliothèque et Archives nationales du Québec
Bibliothèque et Archives Canada

ISBN 978-2-924910-49-8 (version papier)
ISBN 978-2-924910-70-2 (version ePub)

C'était comme de vivre dans une cellule capitonnée, mais de toutes les vies que j'aurais pu vivre à ce moment-là, c'était la seule qui eût un sens pour moi. Je n'étais pas capable d'affronter le monde et je savais que si j'y retournais avant de me sentir prêt, je serais écrasé.

— Paul Auster,
Le livre des illusions

1

En 1995, Andreï Makine remporte le prix Goncourt pour *Le testament français*. L'annonce du Goncourt, c'est quelque chose qui t'allume, comme pour d'autres, les matchs entre Montréal et Boston. La police de Manille déjoue un plan d'attentats terroristes pour détourner des avions de ligne sur des cibles américaines, dont le World Trade Center. C'est le début des nouvelles en continu avec le lancement du Réseau de l'information. Fin de l'opération militaire américaine en Somalie. Mission accomplie pour Jacques Parizeau : le maire de Paris et candidat à la présidentielle française, Jacques Chirac, reconnaîtrait un Québec indépendant si les Québécois votaient « Oui ». Plus de quarante morts en Algérie dans un attentat suicide au camion piégé. Attentat au gaz sarin dans le métro de Tokyo. Les librairies de livres d'occasion poussent comme des champignons à travers la ville. Tout le monde regarde *La petite vie* à la télévision.

Tu assistes, à l'hôtel de ville de Paris, au premier discours de Chirac à titre de président. Dans la foule, Gregory Peck frôle ton épaule.

Cette victoire à laquelle tout le monde avait cru, plus personne n'y croyait, puis c'est arrivé. Cent soixante-huit morts dans un attentat terroriste à Oklahoma City. Lucien Bouchard craint un référendum perdant. Jean Chrétien prédit un référendum perdant. Quatre jours en juillet : le massacre de Srebrenica. Aux Bermudes, le « Oui » à l'indépendance obtient vingt-cinq pour cent d'appuis. Prise d'otages meurtrière en Russie par un groupe séparatiste tchétchène. Série d'attentats attribués au Groupe islamique armé à Paris. Les Nordiques quitteront Québec pour Denver. Acquittement d'O. J. Simpson.

Il n'y a toujours pas de campagne référendaire. On se questionne à propos de la question. Trois partis signent une alliance. Robert Lepage présente *Le confessionnal*. Mario Dumont devient l'un des leaders du « Oui ». Il y aura un référendum sur l'indépendance du Québec. La guerre des motards fait du petit Daniel Desrochers une victime collatérale. Attentat suicide contre une base militaire américaine à Riyad. *La mégère apprivoisée* de Shakespeare est montée au Théâtre du Nouveau Monde. Céline Dion et Jean-Jacques Goldman triomphent avec *D'eux*. La campagne référendaire est lancée. Bouchard devient négociateur en chef pour un nouveau partenariat avec le reste du Canada advenant une victoire du « Oui ». Tina Turner interprète la chanson au générique de *Golden Eye*. Tom Hanks reçoit l'Oscar du meilleur acteur pour *Forrest Gump*. À cinq jours du vote, le premier ministre du Canada met en garde les Québécois lors d'un discours à la nation. À Montréal, une grande manifestation rassemble des Canadiens favorables au statu quo. La Russie craint un éventuel élargissement de l'OTAN. Le « Non » l'emporte. Mort de Sophie.

2

Ça venait après 1989, avant le 11 septembre 2001. L'accord de libre-échange entre le Canada et les États-Unis. La révolution de velours. Gorbatchev, le président de l'URSS le plus lucide ou le plus naïf de l'histoire. La chute du mur de Berlin. Helmut Kohl. La réunification allemande. L'invasion du Koweït par l'Irak. Le putsch de 1991 à Moscou. L'éclatement. La dérive. La dissolution de l'Union soviétique. La fin de l'apartheid. L'espoir, l'agonie puis l'échec de la réconciliation nationale entre francophones et anglophones voulue par Brian Mulroney. La fin de la guerre froide. Le retour de Parizeau au centre du jeu. Robert Bourassa hésitant. Chrétien. Clyde Wells. Bouchard. La dernière coupe Stanley du Canadien. Sur Radio Mille Collines au Rwanda, des fous furieux vociféraient leur haine à longueur de journée. Tout un tas de choses, grandes et petites, qui définissent une époque. Le passé, tu sais qu'il faut le prendre dans sa totalité. Comme un grand écrivain doit être accepté dans sa totalité. On ne réécrit pas Proust ou Thomas Mann. À ton cégep en 1990, tout le monde semblait indépendantiste. On y organisait des soirées de poésie. Tu avais vu Richard Desjardins seul au piano, tu ne savais pas que ça pouvait exister. Partout, on parlait de la fin de l'histoire.

Mais pas au Québec, dont l'indépendance devait signifier l'entrée dans l'histoire. La nouvelle histoire. Une sorte de révolution. Sauf que le soir du 30 octobre, la porte s'était déjà refermée. La voie de passage avait disparu. On disait : le référendum n'est pas une fin en soi. Ce fut une fin en soi. Il y avait autant de gens qui pleuraient par en dedans que de gens qui se réjouissaient en serrant les dents. En 1995, Montréal était encore un grand stationnement. Vous ne pouviez pas marcher dans la ville sans tomber sur l'un de ces terrains vagues où s'entassaient les voitures durant les heures normales de bureau. La ville était dirigée par un jardinier, elle fuyait de partout, elle n'avait nulle part où aller. Le taux de chômage était à plus de dix pour cent, tout le monde connaissait quelqu'un qui ne réussissait pas à se trouver du travail. Les gens mouraient du sida depuis une bonne dizaine d'années déjà.

Après la défaite, Sophie et toi avez remonté la ville en marchant depuis le palais des congrès, assis sur une crevasse qui séparait le Vieux-Montréal du centre-ville. Il n'y avait ni poubelle en feu ni vitrine fracassée. Tu n'avais jamais entendu parler de gars qui s'étaient fait casser les jambes parce qu'ils étaient indépendantistes ou parce qu'ils avaient démontré trop ostensiblement leur attachement au

Canada. Il n'y avait rien qui se rapprochait de ça dans ta mémoire. On aurait dit que rien ne s'était passé ce jour-là, que personne n'avait gagné ni perdu. La nuit était douce et inquiète. C'était un sentiment que tu connaissais. Tu ne sais pas si tes parents à la campagne sont allés se coucher avant la fin du spectacle. À peu près tous les comtés du Québec en dehors de Montréal avaient voté « Oui ». Il y avait plus de deux cents journalistes du monde entier en ville pour la nuit référendaire. Bill Clinton était venu en personne dire ce qu'il en pensait sur un terrain de golf de Mont-Tremblant. Vous avez marché jusqu'à l'appartement en remontant le courant entre les rues du Plateau. C'était la fin de quelque chose, tu ne savais pas encore à quel point. Moins de deux mois plus tard, c'est Sophie qui allait passer à autre chose. Chacun tournait la page sans savoir que l'histoire faisait de même. Vous avez mis longtemps à vous endormir.

3

Pour beaucoup de gens que tu croisais, l'indépendance était une affaire classée. Le Québec était indépendant. Le référendum avait été perdu. Ce n'était pas bien grave. Rien n'avait d'importance. Le Québec était indépendant. La révolution n'avait pas eu lieu, mais l'indépendance était acquise. Il avait suffi de perdre pour s'en rendre compte. Tout semblait désormais possible. On était passés de l'autre côté du miroir. Ce n'était pas la peine de regarder en arrière. Il n'y avait plus rien à tirer du passé. Il n'était plus d'aucun secours. C'était chose faite. Le référendum lui-même avait créé l'indépendance. Nul besoin d'en parler. Vous preniez un café dans la petite rue Mayor, vous regardiez par les grandes fenêtres donnant sur l'arrière de l'église Saint-James en ne sachant pas très bien de quoi vous alliez parler. Tout avait été dit. Depuis tant d'années. Par tant de gens. L'heure était venue de passer à autre chose – à rien, par exemple.

Dans le monde d'après, le pays vivait sa vie de nouvel État indépendant en parallèle de la réalité canadienne. C'était confortable pour tout le monde, sauf à penser que l'existence même d'un peuple parlant français en Amérique du Nord dérangeait. Cette nouvelle forme du statu quo – tout le monde avait gagné, tout le monde avait perdu – semblait une façon élégante de régler le conflit. On n'avait plus besoin d'en parler, on en avait assez parlé. Si vous n'aviez pas compris le nouvel ordre du monde, rien ne servait d'insister. Il n'y avait plus de réponses à trouver puisqu'il n'y avait plus de questions. Quand les mots n'ont plus de sens, il n'y a plus rien qui vaille. Tu voyais bien que tout le monde était passé à autre chose. Ils étaient ailleurs. On n'a pas envie tous les jours de s'ouvrir les poignets dans une baignoire. C'est le père de Marguerite Yourcenar qui disait qu'il valait toujours mieux être ailleurs. Devant l'adversité, il disait: «Oh! Ça ne fait rien, on n'est pas d'ici, on s'en va demain.» Comme si rien n'avait d'importance. Comme si rien ne nous appartenait. Comme si tout passait. La réalité elle-même n'avait pas vraiment d'importance. Tout avait été perdu, plus rien n'était à perdre. Les perdants et les gagnants seraient des perdants et des gagnants pour toujours. Le temps était venu de passer à autre chose. Les indépendantistes qui ne répétaient pas comme tout le monde que le débat était clos étaient considérés comme de mauvais perdants. Peu à peu, les forces se mirent en place pour que jamais plus l'idée d'indépendance ne renaisse. Il y a tant de choses qui peuvent ne jamais arriver.

La vie d'après, c'est le Québec indépendant pas indépendant. Être indépendant sans l'être. Le nouveau Québec. Le Québec post-Québec. Oublié qu'on a été à défaut d'être. La défaite était la défaite de tous. Mais tous ne peuvent pas perdre. *Too Big to Fail*. On transforma la défaite en victoire; en non-défaite. L'histoire ne s'attarde pas sur ce qui aurait pu avoir lieu. Tout le monde avait perdu, il fallait donc que tout le monde gagne.

Le Québec était indépendant, le Canada poursuivait sa route comme si de rien n'était. Il n'y avait de surprise pour personne. Les références de chacun s'étaient reconfigurées. Ces deux régimes évoluaient de manière à ne plus jamais se recroiser, dans des univers séparés. Il s'agissait de mondes si différents qu'il n'y avait plus véritablement de pertinence ni à les comparer, ni à les confronter, ni même à les évoquer dans une même conversation. C'était comme les vignerons de la Bourgogne et du Bordelais : des planètes différentes. Les uns viennent de Mars, les autres viennent de Vénus.

— Qu'en penses-tu ?

— De quoi ?

— Tu sais bien ce qui est arrivé. Tu le sais, et c'est pour ça que tu ne pourras jamais être tranquille.

— C'est fini maintenant.

— Tu le crois vraiment ? Je veux dire vraiment, vraiment ?

— On ne peut être sûr de rien. On ne contrôle pas ce qui arrive. Et quand les choses arrivent, on ne sait pas toujours reconnaître si elles sont bonnes ou mauvaises.

Il n'y avait pas eu de révolution, le temps avait fédéré gagnants et perdants dans le même mensonge. Le conflit n'avait pas disparu, mais sa source s'était tarie. On ne pouvait pas résoudre une non-question sur un non-conflit à propos d'une non-réalité. Rien n'était donc résolu. Pourtant, il n'y avait plus rien à résoudre. Tout était nostalgie. Tout le monde semblait se réjouir de ce monde post-monde qui effaçait toutes traces d'animosité pour ne garder que ce qui semblait essentiel : l'oubli.

4

Sophie est un souvenir. Tu t'assois à la fenêtre d'un café face au parc. Elle est avec toi. Ce matin, elle est avec toi. Elle est toujours avec toi. Elle n'est plus là depuis si longtemps. L'autre jour, tu es tombé sur une pile de photos oubliées. Tu rangeais des boîtes dans ta bibliothèque. Les photos que l'on retrouve sont toujours des photos oubliées. Tu en as pris une dans tes mains, tout un passé a resurgi, comme un chat qui bondit d'une boîte de carton. Il y avait des notes manuscrites, une sorte de journal intime rédigé à l'encre bleue. Tu les as remises à l'abri des regards, songeant aux manuscrits inédits de Céline que l'on ne publia pas avant la mort de sa veuve; à Ernest Hemingway, qui lisait les nécrologies chaque matin et fuyait les biographes, lui qui aurait souhaité qu'on attende cent ans avant d'écrire sur sa vie, comme Chateaubriand, dont les *Mémoires d'outre-tombe* furent publiés en 1848, l'année même de sa mort, contre ses dernières volontés. Des photos d'elle. Assis par terre dans ton bureau, tu avais l'impression que c'était elle qui te regardait. Avais-tu beaucoup changé? Tu avais oublié à quel point elle était belle. Non, tu n'avais rien oublié.

Elle avait laissé une note sur la table de cuisine. À ton attention. Ce sont les policiers qui l'ont trouvée. Ils l'ont récupérée en la rangeant dans un petit sac de plastique transparent. Tu ne sais plus si tu as eu le temps de la lire. Tu l'as sûrement lue rapidement. Ils ont dit qu'ils devaient la mettre de côté pour le coroner. La note sur la table. C'était une sorte de lettre d'amour. C'est le souvenir que tu en as. Il arrive que les souvenirs arrangent les choses. C'était une invitation à poursuivre sans elle. À ne pas mourir avec elle. Elle ne te voulait pas de mal. Elle ne voulait pas te faire mal. Elle n'en voulait à personne. Ce n'était la faute de personne. On ne comprend pas toujours de quoi il s'agit. Tu étais à l'extrémité de la table, tout le monde était debout. La lumière de la salle à manger ce soir-là était celle d'une salle d'interrogatoire. C'est le souvenir que tu en as. Une lumière crue. Les policiers t'ont posé quelques questions. Tout le monde comprenait. Même quand il n'y a rien à comprendre, on comprend tout. Sophie passait à autre chose.

Tu avais monté l'escalier jusqu'au palier supérieur. En ce soir de décembre pluvieux, la noirceur était partout. C'était l'escalier de la mort. Ça sentait la mort. Tu es devenu très inquiet à mesure que tu gravissais les marches. Il n'y avait pas de lumière dans l'escalier et seule la lueur qui s'échappait des fenêtres givrées des portes des autres appartements éclairait l'ascension. Tu n'y avais pas pensé cinq minutes auparavant. Ça occupait maintenant tout ton esprit. Ça devenait insupportable au fur et à mesure que tu approchais de l'appartement numéro 5. Tout en haut. Chez toi.

Une faible lumière provenait du fond du corridor et venait mourir dans la fenêtre givrée. Déjà, tout ralentissait en toi, comme si tu entrais en mode veille. Tu déverrouillas la porte et l'ouvris. Tu ne savais pas, tu savais, tu ne pouvais pas savoir. On ne peut pas imaginer. Ça ne s'imagine pas. Tu es dans le long corridor. Le silence. Les suspenses n'existent pas qu'au cinéma et en littérature. Stop. Tu vois ce que tu vois. Un petit banc renversé. Tu distingues une masse suspendue. Tu fais quelques pas. Tu ne peux pas détourner le regard. Le silence. La pénombre. La mort. Tu reviens sur tes pas, rejoins le salon qui donne sur la rue, prends le téléphone. Le réel frappe à petits coups de marteau contre ta poitrine. Le temps s'est arrêté.

— Entendez-vous les sirènes ?

— Non.

— Vous devriez les entendre.

Tu es dans la cuisine avec les policiers.

5

Longtemps, tu as pensé qu'il te manquait quelque chose. Cela est d'abord apparu, jeune, lorsque tu faisais du sport. Quand vous vous lanciez la balle au chalet. Au hockey, alors que tu semblais toujours en retard sur le jeu, jamais au bon endroit au bon moment dans la bonne position. Au ballon-chasseur, tu étais celui dont le nom n'était prononcé par aucune équipe et qui restait en retrait tandis que le match débutait. À vélo, tu étais plus chancelant que les autres, moins sûr de toi, moins habile. Tu as mis du temps à comprendre que ce que tu pensais être un manque était au contraire ton plus grand atout. Que ta force résidait dans ce tout petit décalage. Cet instant entre toi et le geste que tu feras. Entre la voiture qui freine devant et le moment où tu freineras à ton tour. Entre le mot entendu et celui que tu prononceras. Entre la phrase lue et celle qui se fera un chemin en toi. Entre ce que tu as en tête et ce que tu écris, le cerveau et la main. Entre la parole de l'autre et la tienne. Entre son sourire et le tien. Entre sa main qui frôle ton corps et ton souffle qui devient plus court.

— Quelque chose ne va pas ? Tu sembles préoccupé…

— … Ça va.

Cette seconde qui se dépose entre toi et les autres, cet interstice qui laisse place au doute inquiète parfois. Tu en as l'habitude. Cette seconde de retenue, cette pause entre toi et le monde a fait de toi ce que tu es. C'est ton entre-deux, ton passage, le lieu d'où peut naître ce regard oblique que tu as sur tout. C'est ta gare de triage. Le point d'où tout repart. Cette seconde est à toi. Cette seconde *est* toi. À la mort de Sophie, cette seconde t'a sauvé de la mort. Ton monde intérieur y est enfoui, protégé. Il aurait peut-être suffi d'une seconde de plus à Sophie pour repousser la mort encore un peu. Le temps d'une vie, peut-être. Ce que l'on sait, c'est qu'on ne sait pas. C'est quelque chose qui n'était pas prévu. Ce qui n'est pas arrivé n'existe pas encore. Cette seconde, on ne sait jamais si elle est un manque ou un trop. Elle dure le temps d'un « Oui » ou d'un « Non ». « Ce que tu sais, tu es seul à le savoir », rappelle Philippe Sollers.

Parfois, tout un siècle passe en un instant, et on a l'impression d'être passé de Louis XIV à Louis XVI sans passer par la case Louis XV. Il y a des minutes qui durent une éternité. Jean d'Ormesson en a fait une philosophie. Quand le médecin entra finalement dans la chambre de Zola, c'est toute une vie qui avait passé durant la nuit. Ces quelques semaines de flottement entre la mort de Christian

Dior et la nomination d'Yves Saint Laurent. Cette seconde qui te donne du recul. Celle qui t'a permis de ne pas mourir à la mort. De rester en équilibre. De ne pas sombrer. De ne pas souffrir de la honte. D'échapper à la culpabilité, à la folie aussi. Cette seconde qui permet de passer d'une chose à l'autre.

La seconde où ton grand-père quitta son Trois-Pistoles natal pour une terre pauvre et mal épierrée ; celle où tu marches avec ton père en silence tout au fond de cette même terre des décennies plus tard. Celle entre le moment où tu as lu *Tendre est la nuit* pour la première fois et celui où tu t'es effondré de lassitude et de désenchantement, l'autre jour. Tu te souviens ? Celle entre la mort de Victor Hugo et l'énergie de cette foule immense, lourde et comme ensorcelée qui défila sur les Champs-Élysées derrière son cercueil. Cette seconde entre la mort de Proust dans une chambre capitonnée de son appartement de Paris à 51 ans et celle du général de Gaulle dans sa maison de Colombey-les-Deux-Églises. Celle qui mène Gabrielle Roy de Londres à Petite-Rivière-Saint-François. Celle entre Félix Leclerc et Chloé Sainte-Marie. Cette seconde entre le « Oui » et le « Non ». La seconde entre cet instant où Hemingway tombe sous le souffle d'un obus dans une tranchée de la Vénétie et celui où il ouvre à nouveau les yeux dans un hôpital au milieu des militaires estropiés, puants, souffrants, mourants, déjà morts. Cette seconde où il tomba amoureux de cette jeune femme dans les rues de Venise, comme on retourne sur les lieux de la mort pour revivre, une fois encore.

6

C'est d'abord l'odeur de l'essence que tu reconnais. Puis, ce vacarme incroyable venant du garage. Le temps est doux pour février. Après t'être habillé en vitesse, tu salues ta mère comme un personnage venu de l'espace derrière la visière de ton casque. Tu empruntes l'étroit corridor qui mène au garage pour rejoindre ton père, déjà installé sur la motoneige jaune, prêt à partir. C'est ce même corridor qui menait à la *shed*, puis au jardin, à la chaleur en été et à l'hiver en hiver.

Tu t'assois derrière ton père, profitant de l'occasion pour te serrer contre lui. Il dirige sa monture à travers le tapis de neige d'où n'émergent que quelques piquets de clôture çà et là. Déjà, vous avez franchi les terrains avoisinants et tu entends le moteur s'épuiser dans la montagne derrière. Le monde est blanc. Vous flottez sur la neige et ses vagues douces remontent le long de vos jambes. Ton père doit poser un genou sur le siège pour se relever et, arc-bouté sur le guidon, mieux contrôler l'appareil dans la neige molle. Tu vois sa silhouette s'élever dans le ciel bleu de l'hiver. Il manœuvre de manière à dessiner au sol de grands huit pour te faire plaisir. Il a tout son temps. Tu ne penses à rien d'autre qu'à tenir fort ton père quand la motoneige s'enfonce dans les congères qui longent la forêt. Ce monde t'appartient.

Ces sorties en motoneige, ce sont des souvenirs auxquels tu as superposé tant d'images que le réel s'y perd. Il y a quelques photos de toi, enfant, avec ton père. Les bancs de neige sont plus hauts que toi, plus hauts que ton père. Le jaune du *ski-doo* est surexposé, les contrastes sont sévères. Sur cette photo, on ne voit que vos visages derrière vos visières relevées. Tu réalises qu'en 1980, ton père avait cinquante-cinq ans. Quand tu étais enfant, ton père n'avait pas d'âge.

Vous revenez tout juste de votre petite expédition, et tu éprouves comme un timide regret. Non pas de ceux qu'on ressent après être resté muet devant une question qu'on nous a posée, plutôt le regret du moment qu'on a vécu et qu'on aurait voulu prolonger pour que jamais il ne se termine et que jamais on ne l'oublie. Comme si tu avais déjà conscience que ce qui est passé ne revient plus. Ton père, tu voudrais le respirer jusqu'à ce qu'il n'ait plus d'odeur. Tu as huit, neuf ou dix ans, l'odeur de l'essence est pour toi un merveilleux euphorisant.

Tu allais à l'école du village, une école de briques rouges comme toutes celles construites sous le règne de Duplessis. Avant tes camarades et toi, des religieuses y vivaient sous les combles, comme en témoignent les lucarnes du dernier étage de ce bâtiment construit en 1958 – juste avant la Révolution tranquille. Pour t'y rendre, ça ne prenait que quelques minutes à pied. Tu partais avec ton petit sac à dos en cuir – un peu comme celui d'Austerlitz, enfant, le personnage de G. W. Sebald – et tu traversais le terrain de la fabrique paroissiale en suivant toujours le même tracé, entre la rue de l'Église et le terrain de jeu, celui où les adultes du village s'adonnaient parfois au croquet le dimanche, en début de soirée... Ces souvenirs remontent à très loin dans ton enfance, peut-être même à ta petite enfance. En contournant le presbytère, puis l'église, tu arrivais à l'école par le côté sud.

En classe, ce dont tu te souviens le plus, c'est d'avoir regardé par les fenêtres qui donnaient sur le terrain de balle, puis sur la montagne magique. L'impression qu'il te reste de ces années-là, c'est que tu t'absentais beaucoup, longuement, souvent. Déjà, tu étais dans ta tête. À cette époque, tu n'avais pas le sentiment que quelqu'un avait remarqué. Les fenêtres étaient hautes et donnaient vers la mer, à l'est, à des centaines et des centaines de kilomètres de là. La lumière entrait dans la classe, puissante et blonde comme du miel. Tu étais seul, comme toujours. La solitude et l'ennui ont toujours eu cet effet sur toi. Ce sont des trappes d'aération.

7

La première fois que tu as aperçu la France, tu t'en souviens, c'est à partir des côtes atlantiques. Vous étiez à la plage en famille. Tu étais seul, avec les autres, à la plage. À la même époque, Sophie allait elle aussi à la mer avec ses parents. Tu ne pouvais pas le savoir. Ce n'est qu'en croisant vos enfances, bien plus tard, que vous aviez découvert ces coïncidences étonnantes. Sophie, alors, tu ne savais même pas qu'elle existait, bien qu'elle prendrait bientôt toute la place. Quand elle entrerait dans ta vie, ce serait pour ne plus jamais en ressortir.

Ces vacances à la mer sont parmi les plus beaux moments de ta jeunesse. Tu entends encore le son des vagues qui t'envoûtait complètement. Assis sur une serviette de plage, tu fixais l'horizon, les yeux plissés sous l'effet du soleil. Une lumière laiteuse venait de la mer. Tu obstruais ton œil gauche avec ta main pour que disparaissent les navires au large. Tu étais attiré par le vide, l'immensité du vide. Tu aurais voulu pouvoir étirer le bras et ouvrir avec tes doigts ce petit espace blanchâtre et vaporeux qui se forme entre la mer et le ciel, comme on entrouvre les persiennes pour voir sans être vu. Il y avait une île ou deux devant, à une distance qu'il t'était difficile d'évaluer. Derrière ces îles, le large s'étirait sans fin.

Sophie et toi, vous n'êtes jamais allés à Paris ensemble. Toutes ces balades que vous n'avez pas faites dans ses rues sinueuses, tous ces bancs de parc sur lesquels vous ne vous serez pas assis, toutes ces librairies que vous n'aurez pas découvertes à deux. C'était l'une des choses à faire sur votre liste. L'une de ces choses qui restent à faire et qui continuent donc d'exister, dans la vie comme dans la mort. Des côtes du Maine, lorsque tu étais enfant, l'été, par temps clair, tu étais convaincu d'apercevoir au loin l'autre côté de l'Atlantique. Tu ne sauras jamais si elle avait vu la même chose que toi.

8

Ton père s'allongeait au soleil dans la petite pente devant le chalet. Il faisait ça sans en parler à personne, sans se cacher non plus. Tu te retournais, il était là. Il vivait, l'air de rien, sans demander la permission à personne. Tu n'as pas souvenir qu'il ait eu à s'excuser de quoi que ce soit. Il était beau, souriait beaucoup, parlait avec les yeux, se peignait soigneusement, longuement devant le miroir. Il était moderne, aimait s'acheter de nouveaux souliers. Il aimait les choses nouvelles, point. Il prenait de très mauvaises photos, n'avait pas de talent aux cartes. Ce n'était pas un homme pressé. Il écoutait beaucoup. Il était fier des petites choses, des choses simples : d'avoir repeint les bardeaux de cèdre du chalet, ou les chaises longues, ou la remise, d'avoir fait du neuf avec du vieux, du beau avec du laid. Il avait acheté un chalet. Lui aussi aimait être ailleurs.

Tu avais onze ou douze ans. Tes grands-parents vivaient dans leur maison du quatrième rang. Nés à la fin du XIXe siècle, ils venaient d'outre-monde. Un après-midi, ton père avait dit : « On va marcher la terre », et vous aviez marché jusqu'au bout du monde. Ce moment dure puisque tu l'as gardé en toi. Il devait y avoir un bon kilomètre entre la maison et la forêt ; ton père avait toujours quelques pas d'avance, c'était quasi impossible de marcher à ses côtés. Tu es toujours resté gamin avec lui. Il n'y eut jamais de doute à savoir qui était le père et le fils. Tu n'as jamais voulu paraître faible devant lui. Il t'a semblé qu'il lisait en toi, qu'il savait les choses que tu aurais voulu dire sans pourtant y parvenir.

Avant de parler à ton père, tu réfléchissais longuement à la construction de ta phrase, au choix des mots, à l'effet qu'ils auraient sur lui. Il écoutait le plus souvent sans parler. De quoi était fait ce silence ? D'où venait-il ? Quel était son secret ? Tu ne le sauras jamais. Ton père ne répondait qu'avec des phrases très courtes, aussi fallait-il que les questions soient précises. Chaque jour, il lisait les journaux. C'était l'un des seuls moments où il mettait ses lunettes. Tu l'as rarement entendu commenter ce qu'il lisait. Il lisait en silence. Il gardait ça par en dedans. Il n'y avait pas réellement de conversations politiques avec ton père. Vous avez passé les années quatre-vingt et le début des années quatre-vingt-dix ensemble sans jamais aborder de front les questions politiques. Il avait peut-être compris quelque chose avant toi. Même au plus fort de la fièvre de l'automne 1995, il te laissera parler sans jamais prendre franchement position.

C'est souvent le samedi que vous rendiez visite à tes grands-parents, ses parents à lui. Dans la cinquantaine, ton père était déjà un vieil homme. Ces visites étaient une expédition. Ta mère commençait à en parler des jours d'avance. Lorsque tu aurais atteint l'âge que tes parents avaient à ce moment-là, ils seraient déjà partis.

Ton père et toi, vous aviez traversé le boisé qui fermait la terre au fond et vous vous étiez rendus à travers la forêt jusqu'au chemin de fer de l'autre côté. Vous aviez marché tous les deux le long de la voie ferrée et vous aviez observé longuement un pont qui enjambait le ruisseau. Ce chemin de fer qui serpentait sur près de trois cents kilomètres entre Québec et Sherbrooke avait été mis en service au milieu du XIXe siècle par la Quebec and Richmond Railway. Lorsqu'ils étaient jeunes, au milieu des années trente, ton père et ses frères venaient y voir les trains passer, tandis que, de l'autre côté de l'Atlantique, la guerre d'Espagne battait son plein et Hitler menaçait. C'était au siècle dernier. C'était le monde d'avant le monde d'avant. Mais cette histoire est ton histoire.

9

Tu marches pieds nus sur des aiguilles de pin derrière le chalet. La sensation que cela te procure est difficile à décrire, mais tu n'en as rien perdu. Tu étais l'enfant seul au milieu des autres. Seul, près des autres. Tu n'as rien oublié. Rien n'est disparu. C'est simplement que certains souvenirs ne sont pas encore remontés à la surface. Chaque âge a ses sons, ses odeurs, ses images, ses mouvements de mémoire. Tout est là, enfoui, intact, qui couve.

Tu poses ta main gauche sur les bardeaux de cèdre, tu t'étires jusqu'à ce que ta tête émerge à l'angle du chalet. Tu as compris que tu étais fait pour regarder. Tu vois et entends ce qu'il y a à voir et à entendre. Tu recules d'un geste brusque: voir sans être vu. Tu l'as échappé belle. Entendre juste assez. Imaginer beaucoup. Tu penses: «Les voix ne voyagent pas beaucoup par elles-mêmes.» Les paroles ont besoin d'être retranscrites, enregistrées, retransmises. Les voix ont besoin de porte-voix. Les paroles doivent être amplifiées pour survivre jusqu'à toi. Une voix seule est toujours intime. Elle n'est jamais que pour quelques-uns. Elle est le dit et le non-dit. Elle est le souffle qui passe. Elle est éphémère. Tout n'est toujours dit qu'une seule fois. On dit : dis-le-moi à l'oreille.

Il y avait beaucoup de monde au chalet les week-ends. Les chaises étaient installées de sorte que les regards portaient naturellement vers le jardin et au loin vers le plateau surplombant la plaine menant au lac. Lorsque tu penses à ces étés, des voix résonnent aussitôt. Ces voix, tu les reconnaîtrais entre mille, la nuit, le jour, où que tu sois, pour des siècles et des siècles. Ce sont des voix familières, celles de tes oncles et de tes tantes. Celles des voisins du lac, des visiteurs du week-end, des notables, des prêtres et des représentants Molson. Ce sont de remarquables oubliées, sauf ici, maintenant, dans le souvenir. Tu entends ton grand-père raconter qu'il a assisté à un discours de Wilfrid Laurier sur le parvis de l'église du village. Tu imagines le fameux discours de Chateaubriand devant la Chambre lorsqu'il refusa de se rallier au futur roi Louis-Philippe ; ce n'était, paraît-il, qu'un filet de voix, mais ce souffle traversa l'enceinte et choqua le pays tout entier. La voix de Colette, disparue en 1954, que tu entendis à la radio pour la première fois, t'envahit, comme celle de James Baldwin, si reconnaissable, si puissante. Tu imagines celle de Jaurès un an avant sa mort, à la butte du Chapeau-Rouge, prononçant un de ces discours pacifistes qui fit sa renommée : en 1913, sans micro bien sûr, devant cent cinquante mille personnes, sa voix traverse le silence. Tu penses à tous ces enregistrements sonores où l'on entend les voix de Charles de Gaulle, de René Lévesque, de Jacques Ferron et d'Anne Hébert, celles de Françoise Giroud et de Duras, bien sûr, qui vous transperce jusqu'au bout de vous-même.

Tu marches derrière le chalet, dans un couloir formé par les arbres, au cœur d'un de ces lieux infréquentables tant qu'on ne les fréquente pas. Tu as cette façon de t'éclipser en douceur, à la dérobée. D'être momentanément invisible. Personne n'a remarqué que tu n'y étais plus. Comme si tu te déplaçais sur un plateau de télévision sans tenir compte des mouvements de caméra, à la frontière entre le trop et le manque, juste là : un équilibre qui t'appartiendrait. Tu sens la chaleur sur ta peau et les aiguilles qui craquent sous tes pieds, les voix en toi comme une marée. Tu sens le pouls du monde sur les bardeaux de cèdre vernis où ta main se pose.

Il y avait une seule saison et c'était l'été. Toute la vie tenait dans ces quelques mois de chaleur et de liberté. Tous les personnages reprenaient leur rôle à la Saint-Jean pour ne le quitter qu'à la fête du Travail. Chacun tenait bon. Tout était là. Rien d'autre n'existait. C'était un peu la même pièce qui se rejouait chaque été. La surprise n'était absolument pas recherchée. Pour les Jeux de 1976, ton père avait hissé le drapeau olympique au mât planté face au vent, au centre du promontoire qui donnait sur le lac invisible au loin. C'était Pocantino, la montagne magique de Thomas Mann, Cape Elizabeth, Gatsby, Montauk et Balmoral. Le reste du temps, il alternait malicieusement entre les drapeaux du Québec et du Canada, sans que la famille sache vraiment s'il s'agissait d'une provocation consciente ou non.

L'été était une trêve. On aurait dit que plus personne ne travaillait ni n'avait de problèmes d'argent ou de santé. Les urgences des hôpitaux se vidaient comme par magie. Terminé, les dysfonctions sexuelles chroniques, les problèmes cardiaques insolubles, les artères bouchées, les suicides et les agressions. Le monde était lisse. Le fond de l'air chaud. Une vie rêvée comme on l'imagine chez les autres : parfaite. Quels étaient leurs troubles, leurs peurs, leurs fantasmes, leurs envies ? Tu n'en savais rien, et donc tout se passait comme s'ils n'en avaient pas. Tu n'as jamais remarqué de quoi les gens se parlaient, à l'époque. Tu aurais du mal à départager les patrons des syndiqués, les fédéralistes des indépendantistes. Bien sûr, tu entendais leurs voix, leurs rires aussi. Mais qui parlait vraiment derrière ces voix ? Et pour dire quoi ? Qu'est-ce qui les faisait vivre ces étés-là ?

Tu as quatre ans. Tu fonces sur ton tricycle. Tu atteins des vitesses effroyables. On te regarde. Tu es le centre du monde. Tu es le petit. Chacun comprend que tu es l'enfant. Les gens se tassent sur ton passage, s'esclaffent. Tu es la vie qui recommence. L'interstice dans la suite des jours. Tu te butes à un obstacle, tu poses les pieds au sol, recules, tournes, te recentres, repars de plus belle. Tu es la folie et le plaisir. Tu es celui qu'on regarde en souriant. Tu es le chalet, l'esprit du chalet, l'âme du chalet. Tu es l'été qui s'allonge tard le soir. Tu es les vacances dans ces lieux de villégiature inventés. Tu es les pins, la table à pique-nique, les serviettes de plage qu'on étend dans la petite côte donnant sur le lac. Tu es le soleil. Tu es les balades en famille. Tu es le matin, le midi, le soir. Lorsque tu vas au lit, le monde entier se met en veilleuse. Près d'un demi-siècle plus tard, tu es à ta table de travail au-dessus de la bibliothèque, la maison est plongée dans le silence, le silence que tu aimes tant. Tu observes la petite boîte en carton lignée à la manière de Paul Smith dans laquelle tu ranges tes crayons, en tout temps bien affûtés. Tu aimes les prendre dans tes mains, les aligner, les comparer, avant de les ranger comme il faut. Tu écris entre les lignes. Celles d'Emmanuel Carrère. De Jean-Paul Enthoven. De Duras. C'était dans ta tête, puis c'est apparu entre les lignes d'une autre histoire que la tienne. Tu déposes ton crayon, relèves la tête lentement. Devant toi, comme au milieu du monde, le tricycle de ton enfance. Chaque jour, le passé vient dans le présent pour te rappeler qui tu es.

Toi, tu arrives à un moment de ta vie où tu peux dire : « Je me souviens de cette histoire, il doit bien y avoir quarante ou quarante-cinq ans de ça… » Sophie, elle, ne vieillira jamais. Entre le moment où vous êtes tombés amoureux à l'automne 1990 et sa mort en décembre 1995, elle n'avait pas eu le temps de vieillir non plus. Elle ne parlait pas de son enfance, ou si peu. Vous aurez eu vingt ans ensemble, ce qui est déjà immense. Si elle s'était laissée vieillir, peut-être se serait-elle inventé tout un passé. Sophie a toujours le même âge dans ton souvenir. Le référendum remonte à 1995 et, chaque année, il s'éloigne un peu plus.

Tu as tant marché. Dans les champs derrière la maison de tes grands-parents jusqu'à la forêt, puis la voie ferrée de l'autre côté. Autour du lac, au chalet, avec ton père et ta mère, si souvent, à huit, dix, douze ans. Sur le trottoir avec un ami, parcourant le village de bord en bord les samedis soir où il ne se passait rien. Dans le sentier qui menait à la cabane au fond du champ de la ferme familiale d'un ami, les week-ends, quand tu avais quinze ou seize ans, à la fin des années quatre-vingt. Un soir, vous aviez marché, elle et toi, dans le sentier bordé par les pieds de maïs rasés. Il faisait froid, le ciel était clair et les étoiles très hautes. C'était dans le monde d'avant, ce n'était pas encore Sophie. Vous marchiez, peut-être en vous tenant la main, très près l'un de l'autre, dans un ciel éclairé par ces sortes d'aurores boréales que produisent les villages lorsqu'on les aperçoit de loin dans la nuit.

— Je crois que tu seras plus heureuse sans moi. Je ne suis pas le bon gars pour toi, tu comprends ?

— Non.

— C'est un peu compliqué. Je ne sais pas trop comment l'expliquer. Tu vois, être amoureux, je ne sais pas encore ce que ça veut dire.

— Et tu trouves que c'est une bonne raison pour se quitter ?

— C'est que je ne suis pas prêt à ça, je ne sais encore rien de l'avenir. Parfois, il vaut peut-être mieux passer son tour, attendre de voir venir que de prendre une direction, là, tout de suite. Tu sais, le problème avec l'avenir, c'est que ça dure longtemps !

Cette histoire, tu peux la réécrire à l'infini. Comme ces scènes de champs de bataille à la Maurice Genevoix qu'on ne finit plus de réinterpréter. Tu n'avais jamais pleuré pour une fille, c'est l'une des choses qui changeront par la suite. Vous êtes tous les deux rentrés tôt ce soir-là. C'était la fin et le début de l'histoire.

10

De l'hôpital après la mort, tu n'as aucun souvenir des gens que tu as rencontrés. Quelqu'un a dû te faire entrer dans la chambre. Tu attendais, tu ne te souviens plus si c'était à l'urgence ou dans une petite salle. Ça ne t'a pas paru si long. Ils sont venus te chercher. Tu ne sais pas qui. Tu ne voyais plus rien. On t'a demandé si tu voulais rester seul avec elle. Bien sûr. Ça, tu en étais certain. Tu ne savais pas quoi faire. On ne sait jamais quoi faire. La chambre était nue. L'éclairage, les murs, tout te rappelait que tu étais dans un hôpital. Il y avait un lit au milieu de la pièce. Elle était là, étendue sur le lit, une couverture blanche la couvrant jusqu'au cou. Jusqu'au haut du cou. Elle était belle et elle était morte. Tu lui as caressé les cheveux. Ta main dans ses cheveux à ce moment. Tu as ce souvenir. Précis. La mémoire dans ta main qui caresse ses cheveux comme tu le faisais avec ta mère lorsque tu étais enfant. Elle était paisible. Sa main était froide, déjà. Il n'y a rien de plus seul que vous deux alors. La vie entière dans cette mort. À cet instant, vous êtes morts tous les deux. Ce moment durera toujours.

Les souvenirs de ces jours, c'est le silence de l'escalier, le clair-obscur, le corps immobile, le téléphone, la note sur la table de la cuisine, le petit banc qui sera encore là le lendemain lorsque tu retourneras à l'appartement. Ce sont les lumières blanches de l'hôpital, le drap sur son petit corps, la nuit sans dormir. Ce sont les *flash-back* de la vie d'avant, des après-midi passés au lit, des soirées à regarder la télévision ou à lire, toutes jambes enlacées, des longues discussions au retour des *meetings* politiques, des larmes qui viennent, aussi, parfois. Ce sont ses vêtements dans la penderie, son odeur partout, la terrible lassitude qui t'assaille, le silence, la noirceur, le vide, la peur, le faire-part de décès, la famille et les amis qui défilent au salon funéraire. Le cercueil qu'on referme. La première pelletée de terre.

La mort est possible. Inévitable, elle surprend pourtant, chaque fois. On voudrait qu'elle n'arrive pas, qu'elle attende encore un jour. Mais elle est là. Dans ton jeu, la mort sera une possibilité pour toujours.

11

Tout n'est-il pas terminé avec la mort ? Rien de ce qui vit en toi ne meurt jamais. Le monde d'après, c'est toi et ton double, c'est toi et elle, toi et elle qui n'est plus là. C'est la vie sans elle, avec elle. Pour la suite du monde. Ce sont les jours en plus, ce qui est et ce qui aurait pu être. C'est toi qui détournes le regard au cinéma, qui cesses d'écouter lorsqu'un suicide est évoqué entre amis, qui racontes cette histoire une énième fois, c'est toi, roulant la nuit dans les rues étroites du Plateau-Mont-Royal et répétant : « Ne lève pas les yeux, ne cherche pas la fenêtre du dernier étage, ne cherche pas à voir ce qu'il y a derrière la noirceur. » C'est toi qui veux la tranquillité, mais qui crains la solitude. Toi qui entres rapidement dans la maison lorsque les lumières sont éteintes. Toi qui t'inquiètes d'un proche qui semble ne pas trouver sa place dans la vie. Tu sais le vide. Tu sais la peur. Tu sais la force des ténèbres. Tu sais que l'on peut s'enterrer vivant. Tu sais que c'est possible. Elle te l'a appris.

La vie ne s'était pas arrêtée avec la mort. Ta vie avec elle se poursuivait. Il t'arrivait de te demander ce qu'elle aurait pensé d'un livre, d'une terrasse de café, d'un voyage. Tu te disais qu'elle aurait été fière de toi. Tu te disais que cela n'aurait eu aucune importance pour elle. Tu n'y pensais pas souvent, tu y pensais toujours, comme ces choses auxquelles on pense sans penser. Tu revoyais ta main se poser sur sa cuisse lorsque vous vous rendiez à la campagne en auto. Vous vous arrêtiez dans une cantine au bord de la route et vous vous assoyiez côte à côte sur une table à pique-nique, face à la route. Elle terminait sa cigarette alors que tu étais déjà assis dans l'auto. En ville, tu l'apercevais fumer à l'extérieur du restaurant Le Continental, sur Saint-Denis. Tu la voyais marcher devant toi sur le trottoir, attendre en ligne en face d'un cinéma, debout le dos au mur à réviser ses notes à l'extérieur d'une classe à l'université, assise seule dans le métro, le regard perdu dans l'obscurité des tunnels.

Ses livres étaient restés dans la bibliothèque. Quelques livres. Dans la vingtaine, on a rarement plus que quelques livres. Lorsque sa famille est venue récupérer ses affaires, personne n'a songé à la bibliothèque. Objets non réclamés. Elle passait toujours ses mains dans ses cheveux. Il n'y a rien qu'elle aimait plus que de revenir de chez la coiffeuse, légère. Sur les photos d'elle, on a toujours l'impression que l'action se passe avant, pendant ou après un sourire. Elle riait beaucoup, c'était sa façon de lancer la balle. Ils n'ont pas pensé à la bibliothèque. Ils ne savaient pas encore qu'ils n'en finiraient jamais de retrouver des choses à elle. C'est un peu comme les roches dans les champs : elles semblent surgir du sol chaque printemps. Comme les souvenirs remontent à la surface malgré les saisons qui passent.

12

La mort de Sophie te fera pénétrer dans une sorte de sas. Tu ne l'auras ni voulu ni cherché. C'est là, devant toi, en toi. Une distance. Le temps. Ralentir tout. Jusqu'à ton cœur qui bat. Une fois que c'est écrit, on ne peut pas désécrire. L'écriture n'est jamais la fin de quelque chose. Elle se poursuit dans la tête du lecteur. On apprend à vivre avec la mort.

— Tu as l'air malheureux.

— Non.

— Y'a-t-il quelque chose qui ne va pas ?

— Non.

Tu marches lentement. Tu as appris à ralentir le pas. À rouler à vitesse réduite. Dos voûté. Débit lent. Le son de ta voix comme un murmure. Quelque chose entre la lenteur et l'arrêt complet. Tu es invisible. Personne ne te voit. Tu es dans le noir. Tu cherches tes repères. Sauve qui peut. Cela n'a pas d'importance. Il n'y a pas d'autres vies que la tienne. Tu es dans le sas, une écluse à sas. Le bassin entre les deux portes. L'entre-deux. Il n'y a nulle part où aller. L'eau fuit de partout. Tu ne sais plus d'où tu viens. Tu as tout oublié. Tu ne sais pas ce qu'il y a de l'autre côté de toi. Tu traverses le tunnel en regardant bien devant. Tu n'as pas encore emprunté tous les chemins. Ça ira. Tu sais que ça ira. On ne disparaît pas en un jour. Tu veux prendre le temps. Tu ne veux pas être bousculé. Tu ne voudras plus jamais être bousculé. Tu es celui qui ne s'est pas suicidé.

Tout un âge de l'histoire sert de décor à ce que tu vis. Tu es dans un tunnel à l'intérieur d'un tunnel. Dans un sas qui est dans un sas encore plus grand. Une histoire dont personne ne connaît l'issue. Tout un peuple dans un sas. C'est l'après-référendum. Le monde d'après. Vingt mille lieues sous les mers. Rentrer à la maison, verrouiller les portes. Regarder entre les persiennes. Attendre. Surtout, ne rien espérer. L'espoir est l'opium des faibles. Tu n'as plus d'envie dans ce monde sans désir. Ça fait partie du sas. On rapetisse le compas. Ne penser à rien ou le moins possible. L'idée est de passer à travers. On peut toujours espérer. On se fait tout petit d'avoir vu si grand.

Ça durera le temps qu'il faut. Les choses durent le temps qu'il faut. Quelques générations peut-être. Le temps de l'attente n'a pas de date de péremption. Tout un peuple dans une chambre de décompression. Tout un peuple coincé dans les soutes d'un engin spatial, direction planète Mars. Un peuple qui veut être un peuple qui ne veut pas être un peuple.

Tu avais fait ton entrée dans un autre monde. Pour toujours. La mort de Sophie a été ton passage à l'âge adulte. Sophie n'aura jamais quitté le monde d'avant. Elle ne saura rien de ces années sans fin en forme de trou d'air permanent. En 1995, il y avait des machines de loterie vidéo dans presque tous les bars. En ville comme en campagne. Des gens y dépensaient leurs payes dans la nuit du jeudi au vendredi, ça les mettait dans un sale pétrin, comme s'ils jouaient à la roulette russe. Ça te faisait penser à ces pièges tout simples dans lesquels les renards se font prendre immanquablement. L'un des sujets du temps, c'était la question du plein-emploi. Peut-on imaginer un monde où il y aurait des emplois pour tous ? Les parents craignaient pour leurs enfants. La société semblait bouchée. Le système de santé était dans un état lamentable. Le réseau scolaire se cherchait. Des gens bien intentionnés se demandaient s'il était raisonnable de garder en vie tous les villages du Québec. Chaque ministre des Finances avait les yeux rivés sur New York, là où les agences de cotation avaient droit de vie ou de mort sur l'état de la cote de crédit du Québec. On aurait dit que ça craquait de partout.

Sophie. Lorsqu'au téléphone, on t'avait demandé de décrire ce que tu voyais, tu ne t'en étais pas senti capable. C'était impensable. Tu avais marché quelques pas dans le corridor avant de revenir et de reprendre l'appareil entre tes mains.

— Vous entendez les sirènes ? Vous devriez les entendre.

— Oui.

— Préparez-vous à ouvrir la porte.

En remontant vers l'appartement la nuit du 30 octobre, tu t'étais demandé ce qui allait arriver. Personne n'en savait rien. On ne sait rien du présent, ce moment auquel rien ne nous prépare véritablement. Vous ne saviez pas encore ce qui était mort ce jour-là. Vous ne saviez pas non plus ce qui était resté vivant.

13

Que l'on continue. Tu vis la vie d'avant et, en parallèle, une vie qui serait nouvelle. Le Nouveau Monde comprendra toujours pour toi une part de l'Ancien Monde. Ta vie n'aurait pas été la même sans la mort. Ta vie est peut-être ce qu'elle est parce qu'il y a eu la mort. Tu vis des vies entrelacées comme les jambes des amoureux. Des vies séparées, mais ensemble. Il t'arrive de te réfugier dans une vie, puis dans l'autre. De les superposer aussi, comme le font les photographes. C'est ton secret. « À quoi penses-tu ? » Tu ne penses à rien. Tu n'as jamais pensé qu'à ça. Quelque chose qui est toi. Inséparable. Elle est morte, la vie est là. Cette mort te donne quelque chose en plus. Tu vis plus. Tu es celui qui n'est pas mort. C'est le début, la fin et le recommencement.

Tu laissais du temps au temps. Dans la douleur, tu apprenais à penser par toi-même. Des amis se sont succédé auprès de toi. Ils venaient tour à tour passer la nuit à l'appartement, veiller sur toi qui dormais les lumières allumées. Tu avais choisi de vivre. Tu disais : « Ça va aller. » Tu t'étais beaucoup ennuyé, jeune; tu savais l'effet réparateur de l'ennui. On dit ça des enfants: ils vivent dans leur monde à eux. Toi, tu sais bien qu'on n'est pas obligé de tout comprendre, ni tout le temps. Tu sais que ça pourrait s'arrêter, que tout peut s'arrêter. Tu en as la conviction. Tu te disais que, si tu arrivais à t'ennuyer très fort et très longtemps, cela te purgerait de quelque chose. Une forme de jeûne de l'âme, qui crée non pas un vide, mais un espace. Tu avais besoin de te reconstruire un espace. Un lieu d'où repartir. Une piste d'atterrissage près d'une forêt d'épinettes noires, comme lorsqu'on aperçoit Chibougamau en approche. Il y a au centre de toi une place qui est ta place et que tu peux reconfigurer comme tu le veux. C'est le lieu du calme et des tempêtes. De l'amour et de la peur. Des vides et des trop-pleins. On le survole en hélicoptère ou l'on s'y trempe les pieds puis les jambes puis les cuisses comme dans une mer froide. On y est corps et âme. C'est un refuge sur la rive du lac Baïkal.

Victor Hugo écrivait vingt pages par jour. Chacun a son matériau de base. Il faut écrire sur ce que l'on sait, le moins possible sur ce que l'on ne sait pas. C'est une règle simple. Il y a un prix à payer pour sortir de ce que l'on connaît. La clé est de se mettre à risque juste assez. C'est la mise en danger qui fait l'écrivain, comme le matador. Le lecteur cherche le sang. L'écrivain doit marcher sur la crête, rester en équilibre. Il ne doit pas mourir. Il doit presque mourir. Chaque fois qu'il entre en territoire inconnu, il est en danger. Un grand romancier est quelque chose de rare et de précieux. Ça tient sur peu de tablettes dans une bibliothèque. C'est la part tragique qui fait le roman. Le lecteur cherche toujours la mort de l'écrivain. Pour écrire, l'écrivain ne doit pas mourir. Le lecteur doit avoir peur, et pour qu'il ait peur, l'écrivain doit avoir peur lui aussi. C'est cette peur qui fait le roman.

— C'est tellement sournois. Tu te penses tranquille. Mais petit à petit, tu as été rongé par le temps.

— Je comprends.

— Tu ne comprends pas. Il ne se passe rien. Je veux dire : tout le monde pense qu'il ne se passe rien. C'est comme la fonte des glaciers. Ça disparaît imperceptiblement, puis ça se détache. C'est une question de temps.

— C'est fini avant d'avoir commencé ?

— Pas tant que l'on continue de se battre. Mais c'est de plus en plus difficile, c'est comme si le gaz était déjà entré dans l'atmosphère. Tout le monde est dans la même impasse.

— Tout est une question de temps, as-tu laissé tomber en pensant déjà à autre chose.

14

Tu étais poète à l'école secondaire. Les gens sont prompts à mettre des étiquettes, à vouloir définir. Ils ne voient rien d'autre. Il avait suffi qu'un professeur de français se serve de tes poèmes. Il avait pris l'habitude d'en réciter quelques-uns au début de chacun de ses cours. C'était à la toute fin de ta carrière de joueur de hockey. Un entraîneur t'avait conseillé de manger des pâtes pour prendre du poids. La transition entre hockeyeur et poète a été somme toute assez facile. Il y a bien des écrivains qui ont été boxeurs ou lutteurs. Tu portais des épaulettes comme celles des joueurs de football pour te donner du courage. La patinoire était toujours trop grande pour toi. Le professeur avait pris l'habitude de réciter tes poèmes devant la classe. Pour le bien de l'équipe, il arrivait qu'un entraîneur te garde sur le banc un peu plus longtemps que les autres. C'était une autre de ces choses qui sont arrivées et qui, par accumulation, finissent par faire une histoire.

La poésie cherche à nommer le monde tel qu'il est, pour le changer. C'est sa grandeur et sa beauté. Et la beauté est ce qui compte le plus. Tu dis que rien n'est possible sans la beauté. Tout est une question de beauté. Ça ne peut pas être bien sans être beau, ce n'est juste pas possible. Tu sais que la beauté est tout. Que le poète veut changer le monde. Le comprendre, puis le changer. Le réinventer. Le magnifier. On dit : un poète engagé. La poésie est la première forme de l'engagement, avec l'amour et la politique. Tu crois que les mots sont plus importants que les gestes. Que ce que l'on dit est plus important que ce que l'on fait. Ce sont les mots qui viennent en premier. « Le poète habite deux mondes, l'un qui se meurt, l'autre qui se bat pour naître », disait Virginia Woolf. Il n'y a rien sans les mots. Le poète veut changer le monde, donc il le crée.

Ce sont les mots qui t'ont mené à la politique. Les mots t'ont fait naître. Le poète et le politique sont siamois. Ils veulent changer le monde et ont besoin l'un de l'autre pour exister. C'est le poète qui porte la parole en premier, qui nomme les choses, qui décrie les injustices, qui pense un autre monde. Le politique transforme la poésie en mouvement, en actes, en réalité. Il se nourrit d'elle. La poésie et la politique sont le lieu de l'ambiguïté. On y avance dans une forme de flou. Il n'y a pas qu'une seule saison, les jours sont faits de nuit et de lumière. Tout commence par des mots. Le poète, un seul poète, change le monde. Le poète peut tout tenter, il a tous les droits. Il est le gardien du rêve vrai. Lorsque le pouvoir corrompt, trompe, asservit, l'homme n'est plus dans la poésie et s'autodétruit. Il n'y a pas de politique sans poésie. Les pays qui aspirent à de grandes politiques doivent avoir de grands poètes. Parce que tout naît de la beauté.

15

La route file sous la voiture, tu entres dans la nuit en plissant les yeux. Tu connais cette route droite. Cette sensation de tapis roulant sur lequel tu flottes. C'est une forêt que tu as traversée des centaines, des milliers de fois. C'est un endroit où tu es bien. Tu connais ce silence qui est le silence moins la mort. Dans ta tête, c'est toute une histoire qui défile. Conduire la nuit est un rêve éveillé. Tu es seul. Tu as tous les âges de la vie. Tu es partout en même temps. Au-dedans et au-dehors. Combien de fois t'es-tu imaginé faire une embardée ? Combien de fois as-tu cru que tu allais mourir ? Toutes ces fois où tu n'es pas mort, ça fait beaucoup à la fin.

Et les vies que tu as imaginées : tu es seul au piano, tu chantes l'une de tes compositions devant une foule attentive ; on t'aperçoit de dos, assis à ton bureau donnant sur un paysage doux, immense et vert, chemise de coton blanc aux manches retroussées, le corps penché sur la table à écrire, quelqu'un qui t'aime s'avance derrière toi pour t'enserrer ; tu es dans un fauteuil roulant, c'est la fin du jour et la fraîcheur pénètre par les grandes portes-fenêtres de la maison face à la mer, un livre refermé à tes côtés; un chevreuil surgit d'un boisé pour sauter sur la route, tu tentes une manœuvre pour l'éviter, la voiture termine sa course dans un fossé. Tu es mort. Il arrive que tu t'imagines mort. Tout est allé si rapidement. À dire vrai, tu as toujours vécu entre la vie et la mort.

Tu avais traversé la rue sans trop regarder. Tu n'avais peut-être pas regardé du tout. Tu devais avoir dix ans. Tu courais vers la maison de l'autre côté, celle en biais de la vôtre. Tu aurais très bien pu courir dans le sens inverse et revenir chez toi à toute vitesse. Ta mère a tout vu. Elle était à l'intérieur de la maison, face à l'évier qui donnait sur une grande fenêtre d'où l'on apercevait la rue. Ta mère devant l'évier à faire la vaisselle, à ranger, à guetter les voisins, à se lever sur la pointe des pieds pour regarder plus loin par la fenêtre. Elle a entendu les pneus d'un camion crisser sur l'asphalte. Elle est sortie de la maison en courant. Tu as vu la furie dans les yeux de ta mère. Déjà, tu ne pensais pas que c'était contre toi. Ta mère se méfiait de ceux qui voulaient s'inventer un destin, elle fuyait les joueurs, elle avait en horreur tous ceux qui se prenaient pour d'autres. La mort t'avait frôlé. Ta mère ne te l'aurait jamais pardonné. Ta mort pour rien, c'était peut-être la pire chose qu'elle pouvait imaginer, et elle avait du talent pour imaginer le pire.

La mort est toujours là, tout proche. Un jeune du village qui meurt noyé dans un fossé sous le poids d'un tracteur. Ton père, debout dans la cuisine, qui cachait ses larmes à la mort de sa mère. Il n'arrivait plus à nouer son nœud de cravate. Un accident d'auto où tu aurais pu te tuer. C'était l'été juste avant que tu deviennes poète. Ton premier Zola. Tu ne sais plus si tu t'étais rendu au bout, mais tu avais trouvé ça épatant. L'apprentissage des choses compliquées. Le chevreuil qui se noie dans la piscine. Un poseur de tapis qui se fait abattre parce qu'il se trouvait au mauvais endroit au mauvais moment. Tout arrive parce que tout peut arriver.

C'est une histoire qui était remontée d'en bas du village. Elle s'était engouffrée dans chacune des maisons. Le fils de l'épicier avait été retrouvé mort, noyé dans un fossé, gisant sous le poids d'un tracteur. Ça venait d'arriver. C'était de l'histoire encore chaude. Ce sont des choses qu'on entend, qu'on essaie de comprendre sans comprendre. Le deuil du village a duré quelques jours. Une vague de tristesse submergeait la rue Principale. Personne n'avait envie de poser de questions. Il devait avoir onze ou douze ans. Il faisait partie des gentils. Tu l'aurais mis dans cette catégorie, s'il avait fallu choisir. Il n'était pas à l'école le lundi suivant, ni les autres. Il n'était plus là. Tu as oublié cette histoire par la suite. Elle revient et il existe. Son histoire existe à nouveau grâce à toi. Tu n'as pas souvenir de qui il était, de ce qu'il aimait. L'histoire est faite de ces destins individuels, même ceux dont on ne se souvient pas avec précision. Il existe encore pour quelqu'un, tu en es certain, comme les personnages d'un livre restent à l'esprit du lecteur. Ta mère et lui sont au même cimetière maintenant, celui d'en haut de la côte. Ta mère disait: « On finira tous en haut de la côte. » Elle comprenait la vie comme un engrenage dont on ne sort pas indemne, un feu qui couve et se consume. Elle avait un caractère changeant. Elle pouvait être enjouée, chanter des chansons, puis l'instant d'après, tomber à plat, dans un état quasi léthargique. En apprenant la mort de ton amoureuse, elle avait dit, debout devant l'évier: « Elle fumait beaucoup. » Un gouffre immense s'ouvrait sous tes pieds.

Le fermier avait dû marcher plus d'un kilomètre pour se rendre jusqu'à toi. On aurait dit qu'un nuage de poussière courait sur son passage. Cette marche forcée t'avait semblé interminable. Il ressemblait à un lutteur faisant son entrée du fond de l'aréna pour se rendre sur le ring. Tu te disais qu'avec cet élan, il pourrait te tuer. Il avait tout vu. C'était arrivé l'été de tes seize ans, dans une pente qui remontait du champ vers la route. Ton premier emploi d'été. Déjà engagé dans la côte au volant du tracteur – un vieux Massey Ferguson rouge sang –, tu avais tenté d'embrayer en plus petite vitesse pour redonner de la force au moteur, mais en avais été incapable. Le tracteur ainsi freiné dans sa course passa au point mort, puis en une seconde se mit à dévaler la pente en sens inverse. Le poids des deux charges de foin que tu tirais te ramena brusquement vers l'arrière. Il t'a semblé que les roues avant s'étaient soulevées comme le font les jouets d'enfants. Le tracteur et son chargement ont descendu la pente à reculons avant de s'immobiliser net en accordéon sur le côté. Ce fut rapide comme un coup de fusil. Si le tracteur s'était renversé, tu aurais été éjecté, pilonné, broyé. Tu avais fait la mauvaise manœuvre au mauvais moment. Tu le savais, puisque tu n'étais pas mort. Le fermier était fou furieux. Il avait eu peur. Tu n'étais pas capable de parler. Sous le soleil de juillet, vous étiez tous les deux en sueur, seuls. Tu tremblais en retournant à pied à la ferme. Tu avais eu un accident, il était le témoin, vous étiez liés. Tu n'étais pas mort. Si tu étais mort, vous seriez morts tous les deux.

16

C'est arrivé du passé très vite, ça faisait des années que les choses se préparaient, puis on s'est dépêchés d'oublier. Le référendum a été un cran d'arrêt. Un long silence s'en est suivi. Les anciens combattants errent sur le champ de bataille. Ils reviennent tranquillement du front, sourds et muets. Il leur manque une jambe, un bras, un œil. Pour survivre, ils ont dû manger leurs chevaux. On raconte que plusieurs sont devenus cannibales. La patrie se dévorait, comme les mineurs dans *Germinal*. Ceux qui sont revenus du front ne sont jamais revenus. Ils sont comme ces mineurs qui, après avoir été avalés par le monstre, sont recrachés comme des bons à rien. Ils n'ont plus de langue pour parler ni de doigts pour écrire. Parfois, nous rappelait Malraux, c'est lors des oraisons funèbres que l'on se sent le plus exister.

La génération perdue, ce sont les anciens combattants d'Afghanistan qui reviennent. Ceux de la Corée, du Vietnam, de l'Irak. On ne savait plus pourquoi ils combattaient. Il fallait leur demander, à leur retour du front, s'ils revenaient d'une victoire ou d'une défaite. Mais ils n'avaient pas la réponse. C'était comme si la partie avait été interrompue avant la fin. Il aurait mieux valu qu'ils ne reviennent jamais. Qu'ils n'existent plus; qu'ils n'aient jamais existé. Ils n'étaient rien, ils ne valaient plus rien. Choc post-traumatique. Invalidité. Dégénérescence. Démence. La génération d'anciens combattants de trop. Ils sont l'histoire, ils ne font pas partie de l'histoire, il n'y a plus d'histoire. L'histoire est un rapport de force. L'histoire, c'est l'oubli. Attendez que je me rappelle… Les deux camps qui avaient combattu face à face dans l'honneur et l'enthousiasme se retrouvaient côte à côte sur leur rocher de l'île d'Elbe à regarder au loin le continent perdu. C'est la génération perdue. C'est parce que la campagne était si douce qu'elle fera si mal. C'est souvent lors de la période de dégel qu'on réalise l'ampleur des dégâts.

Tu dis : « La politique, c'est la guerre. » La guerre sans les bombes, les fusils et les morts. On n'a pas envie de se lever chaque matin en sentant l'odeur de la défaite. En pensant à la défaite. En se disant qu'on a perdu. Tu es allé à la guerre. Tu as gardé des copains du front. Les copains du front sont des copains pour toujours. Même lorsqu'ils changent de camp, parfois plus lorsqu'ils changent de camp.

Hemingway voulait aller à la guerre. Il voulait être au front. Il voulait y aller pour pouvoir en revenir. Il est devenu écrivain pour aller au front, il est allé au front pour devenir écrivain. Vouloir vivre pour raconter. Il a été blessé aux jambes par un mortier autrichien alors qu'il était en Italie à œuvrer pour la Croix-Rouge. C'était arrivé par hasard. Même à la guerre, la mort et les blessures arrivent par hasard. Comme on peut mourir sous un tracteur un dimanche matin en pensant à autre chose. Ce sont des choses que tu sais. Chez Hemingway, la guerre est partout et, quand elle n'est pas là, elle est tout de même là. La guerre est en lui comme les éclats d'obus dans ses jambes. Il distribuait des cigarettes aux soldats dans les tranchées. C'est tout bête. On ne revient jamais tout à fait du front.

Les gens autour de toi en avaient assez de la défaite. Ce qu'il y a avec la guerre, c'est qu'on n'a pas besoin d'avoir réellement participé pour se retrouver du côté des gagnants ou des perdants. La défaite n'est pas orpheline. On donne la défaite aux autres comme une maladie transmise sexuellement. On se retrouve avec un peuple d'herpétiques. Ceux qui la donnent sont du même côté que ceux qui la reçoivent. La guerre est sans fin. Elle ne peut pas mal finir: elle ne finit jamais. Tu dis: « Elle ne peut pas finir. » C'est sa beauté et sa grandeur. C'est sa folie. Son caractère incontrôlable. Hemingway a fait de la guerre une œuvre d'art. Elle a permis à l'ancien colonel qu'il n'a jamais été de rencontrer l'amour dans *Au-delà du fleuve et sous les arbres*. À Robert Jordan de faire sauter un pont, et à Brett de trouver en Jake Barnes un frère *ès melancholia*. Il n'y a de *happy ending* qu'au cinéma. Sophie ne s'est pas tiré une balle dans la tête ni jetée d'un pont, elle ne s'est pas présentée dans un centre commercial avec une ceinture d'explosifs. Elle est morte un jour de décembre. Tu l'as retrouvée en début de soirée.

En réalité, peu de gens croyaient à la victoire du « Oui ». Quelques semaines avant le lancement de la campagne référendaire, tu n'étais même pas encore certain que ça aurait lieu. Qui l'était vraiment ? La question elle-même était incertaine, alors comment savoir… Peu importe comment la question serait posée, la réponse resterait la même. Les gens qui avaient vingt ans lors de la défaite de 1980 n'avaient toujours que trente-cinq en 1995. Pour eux, c'était un match revanche, la peinture n'était pas encore sèche. Ils avaient eu mal, très mal. Ils avaient eu soif, mal aux pieds, s'étaient usé les genoux. Les années quatre-vingt avaient laissé des traces dans la psyché collective.

Pour toi, c'était encore le commencement du monde. C'était le temps des fréquentations, la vie comme un roman d'initiation. On avait dû lever des troupes dont on ne connaissait même pas l'existence. Tout le monde allait devoir s'engager. Parfois, l'histoire vient jusqu'à nous. Des gens faisaient la file pour obtenir leur citoyenneté juste à temps pour le vote. Il y avait quelque chose de surréel dans l'histoire en train de se faire. La campagne n'avait traité d'à peu près rien. C'était allé dans toutes les directions, comme toujours. La couverture médiatique avait été égale à elle-même.

Il y en avait pour tous et toutes. Tout était allé très vite. Personne n'avait véritablement envie de faire le débat. Tout le monde savait bien de quoi il s'agissait. C'était à propos d'eux-mêmes. Il y avait la peur d'un côté, l'espoir de l'autre. Il y avait l'espoir d'un côté, la peur de l'autre. Ces deux-là sont faits pour s'entendre. L'un ne va pas sans l'autre. C'est Laurel et Hardy, Souchon et Voulzy, Thelma et Louise, Dodo et Denise, Belle et Bum.

Tout au long de l'été et du début de l'automne, tu avais tenté de rester positif et optimiste. Pour croire à la victoire du « Oui », il suffisait de vivre dans son propre monde, de ne pas lire les sondages et d'éviter les conversations avec quiconque ne pensait pas comme vous. Parfois, on aime penser que tout va bien. Personne ne savait comment tout cela allait se terminer. Certains croyaient la défaite du « Non » *impossible*, mais personne n'aurait osé dire la même chose du « Oui ». La défaite du « Oui » était *possible*, vous le saviez, tout le monde le savait. Tu n'avais pas beaucoup vu Sophie au cours de cette période, sauf pour quelques jours où vous vous étiez évadés dans le Maine. Quelque chose ne tournait pas rond, mais tu n'arrivais pas à mettre le doigt dessus. Tu partais tôt le matin et tu n'annonçais que rarement ton retour. Vous étiez jeunes, vous preniez tout trop au sérieux.

— On était des gens sérieux et pleins d'espoir.

Vous n'étiez certains de rien. Cela peut paraître étonnant. Tout était normal dans cette histoire.

C'était le normal avant la grande normalisation. Un drame se jouait, mais rien n'y paraissait. Ça ne semblait être encore qu'un début alors que c'était la fin. Plusieurs pensaient que c'était trop tôt alors que c'était trop tard. C'est pour ça que l'on a préféré qu'il n'y ait ni perdant ni gagnant. La fin ne finirait jamais, comme dans un film sans fin, aussi ennuyeux que cela puisse paraître. Ça ne devait pas finir puisque ça n'avait pas été. Le référendum de 1995, on a voulu l'effacer, faire comme s'il n'avait jamais existé. Sophie aussi, elle a voulu s'effacer. Mais rien ne l'effacera jamais.

En arrivant à l'appartement dans la nuit du 30 octobre – une nuit fraîche, où la température était descendue autour du point de congélation pour la première fois de l'automne –, Sophie et toi avez bien refermé la porte derrière vous et ajusté le mécanisme de la serrure. D'une certaine façon, vous n'en êtes jamais ressortis. La fin du mois d'octobre en ce pays a toujours un peu un air de fin du monde.

u crois que
emme. Elle
ène vers le
ien perdre
n, le trot-
lans l'une
s escaliers
enter. Tu
fiable, ces

pour ne
t en ter-
, et plus
sions, tu
is tran-
houette
toi. Tu
mme si
rtable,
n quit-
n. Plus
res au
lais le
oyais
ue tes
e. Tu
c qui
près
sser.
ons

'a fallu t'épaissir la
protection. Comme
otège la carrosserie.
sortes d'attaques, du
u es fort. Plus rien ne
e vide. Tu ressembles
ebecq. Lisse et abrasif.
beaucoup. Tu marches
pression qu'ont les can-
de te regarde et voit clair
moureuse. Tu es un per-
croisant : c'est le perdant.
vide du pays vide.
es de la cité sans idées pré-
nble changer constamment.
ssens partout dans l'après. Si
jet avec un drone, des lettres
, comme dans un roman de
t, perdu, vide. Sophie. Tu ne
eux pas savoir. Tu crois recon-
te qui marche devant toi. Tu
Cela te réveille soudainement.

Tu accélères le pas. C'est une femme, c'est une femme, c'est sûrement une s'engage sur la droite dans une rue qui nord. Tu augmentes la cadence pour ne de cette vision. Tu y arrives, tu y es. R toir est désert. Elle est peut-être entrée de ces maisons sur la droite, celle avec l en colimaçon. Sophie ? Tu as pu tout in n'es pas certain de toi-même. Tu n'es pas temps-ci.

Tu ajoutais des couches de protectio plus rien sentir. C'était du remblaiemen rain marécageux. Tu allais remplir le tro rien n'allait paraître. Comme toutes les illu savais que c'était une illusion. Tu march quillement, sauf si tu devais suivre une si incertaine. Tu regardais souvent derrière ne relevais pas complètement la tête. Co tu regardais constamment ton téléphone p mais c'était avant le téléphone portable. O tait à peine le temps des téléphones à cadra jeune, il t'arrivait de passer de longues heu téléphone au chalet ou à la maison. Tu ten fil entre les deux portes coulissantes et tu t'as sur un tabouret du côté du salon pendant q parents regardaient la télévision dans la cuisin te souviens d'une fille à la fin du secondaire ave les appels étaient interminables. Elle courait a toi dans les escaliers de l'école pour t'embra Tu n'as jamais très bien su te sortir des situat interminables. Dans l'après, tu voulais te surprotéger un temps. Le temps de voir venir. Le temps de recommencer. Le temps d'une paix. C'était ta façon à toi de te guérir, même si tu commençais à comprendre qu'on ne guérit jamais de rien.

Des conversations te revenaient à l'esprit. Des bouts de phrases. Des situations aussi. Et le silence. Le silence est ce qui te revient le plus en tête quand tu penses à l'année de sa mort. Le silence de ces appartements tout en longueur, typiques de Montréal. Les lattes de bois du plancher craquaient comme si tu avais pénétré dans une forêt de sapinage, et cela ne faisait qu'accentuer la puissance du silence. Tu avais remarqué qu'il y a un silence dans la ville que seuls les gens de la campagne peuvent percevoir.

Dans la partie avant de l'appartement, celle donnant sur le balcon et sur la rue tout en bas, avec une vue de biais sur l'église, il y avait le salon. Il s'ouvrait sur une pièce dans laquelle on retrouvait ton bureau. C'étaient ces anciens salons doubles avant que la mode soit à l'élimination des cloisons intérieures. Vous habitiez l'un de ces immeubles du côté nord qui font comme un mur le long de la rue Laurier. Sophie, il t'arrivait de la retrouver seule au salon, lorsque tu revenais du travail ou d'une réunion politique. Souvent, elle lisait ou elle regardait un film en t'attendant. Vous vous assoyiez tous les deux et, lorsque la chaleur de l'été avait bien pénétré l'appartement, il vous arrivait d'ouvrir la porte du balcon et de fermer les lumières. Vous vous allongiez sur le sofa. L'air frais pénétrait dans l'espace. Vous entendiez monter les bruits de la ville. Elle s'installait entre tes jambes, ses cheveux caressaient ton menton et tu l'enserrais contre toi. Vous pouviez demeurer comme ça pendant un long moment dans un quasi-silence avant d'aller vous coucher.

— Ça va, mon amour ?

— Tiens-moi fort dans tes bras.

— Est-ce qu'il y a quelque chose que je peux faire ?

Un corridor étroit longeait le mur jusqu'à l'arrière de l'appartement, comme un long tunnel. À l'autre bout, le corridor s'ouvrait sur une petite cuisine faite en long et donnant sur un autre petit balcon, puis la ruelle. Il n'y avait rien sur les murs. Sophie n'avait pas insisté, ça n'avait donc pas une grande importance pour elle. Tu ne voulais rien accrocher aux murs pour ne pas les abîmer. Dans ta tête, vous n'étiez que de passage dans ces lieux. Tu ne savais pas ce qui vous attendait après, mais tu croyais que ce serait mieux. Tu as longtemps cru que les choses iraient toujours de mieux en mieux. « L'avenir est par en avant ! » aimais-tu lancer en souriant.

Dans ton souvenir, tu revisites ce lieu où vous aviez vécu tous les deux. Tu y reconnais cette grande table de bois ancienne, à rallonge. Elle provenait de la famille de Sophie. C'est sur cette table que les policiers avaient retrouvé la note. Cette même table trônait au centre de ta salle à manger, des années après le passage au monde d'après, tel un fantôme signifiant que l'Ancien Monde ne t'avait pas oublié. En avançant dans le corridor, il y avait deux portes sur la gauche. La première donnait sur la chambre et la deuxième sur une petite salle de bains. C'est dans cette pièce minuscule et sans fenêtres que Sophie s'était pendue. Puis, plus loin, juste avant la cuisine, le corridor ouvrait sur une pièce rectangulaire à gauche, la salle à manger, ornée d'un vaisselier intégré qu'on refermait par des portes en bois avec des petites fenêtres à carreaux. Le vaisselier servait de bibliothèque. La chambre servait de chambre. C'était un bel appartement aux plafonds hauts. Les pleurs s'y perdaient comme si vous aviez vécu au milieu d'un parc.

18

Il fait noir tôt au début de décembre. Tu as repris plus sérieusement le travail après la trêve référendaire. Tu as remonté la rue Saint-Denis, tourné à droite sur Laurier. Tu avais expédié des *fax* durant une bonne partie de la journée. Tu avais dû retoucher plusieurs fois un discours sans importance qui avait beaucoup d'importance pour quelqu'un qui n'était pas important, mais qui se donnait beaucoup d'importance. Tu rédigeais une nouvelle version sur ton ordinateur, l'imprimais, puis l'envoyais par *fax*. On t'appelait pour te donner des commentaires par téléphone ou bien tu recevais à ton tour par *fax* une version annotée. Tu faisais les corrections qu'il te semblait raisonnable de faire, et ça recommençait. Le bureau était installé au dernier étage d'un édifice du Vieux-Montréal. Tu pouvais passer des après-midi entiers à parler de littérature avec ton patron, installé derrière son immense table de travail. Tu avais compris assez rapidement que Thomas Wolfe et Tom Wolfe n'étaient pas la même personne. Qu'il y avait des romanciers qu'on ne lisait presque plus, et que l'on pouvait les sauver de la disparition en les lisant. Sauver un auteur, cela te semblait une belle idée, au moins aussi belle que celle de sauver un béluga. Le plafond était bas et la lumière du jour entrait difficilement dans l'espace. C'était un lieu où l'essentiel se passait par en dedans.

Tu es seul, la radio joue sans que tu y prêtes attention. Tu te stationnes dans une rue tout près. Tu gardes une image du lieu. Près du gros arbre, du côté est, pas très loin de l'intersection. Tu t'étais déjà fait voler une auto dans cette rue. Tu n'avais pas bien compris pourquoi les voleurs s'étaient intéressés à une auto en si mauvais état. Ce qui t'avait peut-être surpris encore plus, c'était de t'être fait voler alors que tu étais garé juste à côté de l'église. Qui pouvait bien voler une auto devant une église ? Décidément, la culture catholique de ton enfance était demeurée ancrée en toi. Lorsque tu sors de l'auto, tu vérifies toujours si ton porte-monnaie est bien en place, poche arrière droite ou à l'intérieur de ton veston. Tu joues avec tes clés dans le fond de tes poches. Tu peux vérifier quelques fois si les portes sont verrouillées avant de partir. Il t'arrive de revenir sur tes pas pour t'assurer que tout est correct. Tout est correct. Tu marches sur le trottoir en direction de l'immeuble comme tu l'as fait des centaines de fois depuis que vous avez emménagé ensemble, Sophie et toi. Bientôt, tu seras un adulte. Tu ne le sais pas encore. Il n'y a pas si longtemps, tu ne venais dans la grande ville qu'en touriste. La ville, c'était encore les autres.

Tu te souviens d'une fois où tu avais monté les marches de l'oratoire Saint-Joseph avec un sac de mille livres sur le dos. Tu as toujours amené trop de bagages. Tu te sentais comme dans une expédition d'exilés à la baie des Cochons. Tu faisais comme si de rien n'était, comme tu sais si bien le faire. Au-dessus de tes affaires.

— Ça va ?

— Oui, pourquoi ?

— Pour rien.

Tu commençais à avoir mal au dos. C'était ridicule.

Une autre fois, tu as grimpé à la course les escaliers de la rue Foyatier, à Montmartre. C'est beau, Paris, vu d'en haut. Tu avais essayé de te prouver quelque chose à toi-même. Tu étais toujours en vie. C'était peut-être ça. Tu te souviens de l'escalier qui menait à l'étage dans la maison de tes parents. De celui de Rocamadour qui mène à la Vierge noire. De celui qui grimpe de la terrasse Dufferin à la Citadelle, à Québec. De celui du château de Chambord, à double révolution. De celui qui permettait de se déplacer de la suite de la première ministre à la salle du Conseil des ministres, à l'étage juste en dessous. Celui du siège du Parti sur la rue Saint-Hubert. Celui de la place d'Espagne, à Rome. Celui qui permet d'accéder à la coupole du Duomo de Florence. Les pavés mal agencés de Proust. L'escalier du Pavillon principal de l'Université de Montréal où tu aperçus Victor-Lévy Beaulieu et sa grosse barbe à la Tolstoï à quelques semaines du référendum. Dans le monde d'après, chaque fois que tu atteins la dernière marche d'un escalier, le vertige t'envahit. Les paliers, le dernier étage, la noirceur, la porte blanche avec la vitre givrée aux motifs floraux, la clé dans la serrure, l'odeur de la mort.

19

Sophie s'était tuée parce que c'était la fin de l'automne. Parce que les jours raccourcissaient. Parce qu'elle avait toujours eu ça en elle. Parce qu'elle le pouvait. Parce qu'elle fumait. Parce qu'elle n'en pouvait plus de lutter. Parce que tout lui paraissait impossible. Parce qu'elle n'avait plus d'envies, plus de désirs, parce qu'elle ne se sentait pas la force de continuer, de recommencer. Parce qu'on était en 1995. Parce qu'elle y croyait. Parce que tout était noir. Parce qu'elle avait quitté à un jeune âge sa région natale pour s'installer à Montréal. Si elle n'avait jamais vécu en ville, les choses se seraient passées tout autrement. C'est bien certain. C'est peut-être parce qu'elle se sentait seule, ou qu'elle voulait être seule ou parce qu'elle ne voulait plus être seule. Pourquoi s'est-elle suicidée, ce jour de décembre 1995, si près des jours les plus courts ? Elle seule le sait. Y a-t-il des gens heureux qui se suicident ? C'est une question à ne pas poser. Ce serait trop douloureux. On s'habitue au malheur encore plus qu'au bonheur. Les choses arrivent. C'est quelque chose que tu sais. On les fait arriver ou elles viennent à vous. Jusqu'à quel point sommes-nous responsables ? Voilà une question qu'on ne se pose pas vraiment, par peur de la réponse. Que savons-nous du bonheur et du malheur de l'autre ? Tu te disais que c'était peut-être parce qu'elle t'avait rencontré. Cela l'aurait complètement désespérée à la longue. Un sentiment de culpabilité en vient à habiter les gens qui ne sont pas heureux. « Je ne dois pas être normal », se disait l'un des personnages de Doris Lessing qui ne se sentait jamais à sa place. Cela t'était resté en tête.

Elle était rieuse et tu aimais ça. Ses éclats de rire étaient des feux d'artifice. Elle se foutait un peu de ta gueule. Tu aimais moins, mais ça passait. Tu as toujours eu un peu peur du ridicule. Tu as connu des gens qui se sont suicidés par surdose de médicaments. Il y en a un, tu en es pas mal certain, il visait la calvette sous le ponceau d'une entrée de ferme dans le grand rang, et il ne l'a pas ratée. Dans le village, on racontait qu'un gros bourdon était entré dans la cabine et que cela lui avait fait perdre le contrôle de sa voiture. C'est tellement ridicule ce que l'on peut se raconter parfois pour ne pas désespérer. Il y en a plusieurs qui se sont pendus, c'est courant. Il y en a qui se jettent en bas des édifices. Il y a Dédé Fortin qui s'est servi d'un couteau qu'il s'est lui-même planté dans la poitrine. C'était en 2000, il avait attendu un peu plus longtemps que d'autres. La sœur de Thomas Mann s'est suicidée en prenant du cyanure. Il y a les armes à feu aussi, même si ce n'est pas propre. Il y a mille exemples de gens qui ont pensé au suicide et qui ne l'ont pas fait. Il y a peu de gens qui ne connaissent personne qui s'est suicidé. Quand on pense à tous ces Québécois qui se suicident, ça fait quand même beaucoup de non-suicidés qui vivent de drôles de vies. À la mort de Sophie, tu t'étais demandé si son suicide tombait dans les statistiques des suicides à la ville ou à la campagne. Elle était morte en ville, mais elle venait de la campagne. Tu n'avais pas les idées très claires, c'est certain. Ce n'était pas le temps des statistiques. Lorsqu'on est mort, on dit que l'on ne souffre plus. C'est à la base de plusieurs religions. On n'en sait rien, bien sûr. Le suicide, ce sont les survivants qui le vivent. Le suicidé ne vit que les suicides ratés.

Vous vous êtes connus à l'université. Si vous n'aviez pas été ensemble dans plusieurs cours, peut-être que vous ne vous seriez jamais croisés. Il y a tant d'intersections dans une vie que, lorsqu'on fait le chemin à rebours, on n'arrive pas très bien à comprendre comment les choses se sont alignées. Vous étiez ensemble dans vos cours de littérature. Les écrivains, à force d'écrire, finissent à peu près tous par parler de hasard et de labyrinthe. Comme s'ils se perdaient en chemin. Comme si, en cherchant, on ne finissait jamais de ne pas trouver. Sophie n'aura jamais terminé ses études. Elle repoussait ce moment comme si elle hésitait à entrer dans la vie d'après. Sa beauté, ses hésitations, son sourire, son *no future*. Sa façon de dire : pourquoi pas ?

C'était une fumeuse au temps où l'on ne remarquait pas encore qui fumait autour de nous. Elle buvait du vin modérément. Elle aimait se perdre dans les rayons de livres de poche chez Champigny. Tu te souviens de l'avoir retrouvée, perdue dans ses pensées, assise sur une chaise, au fond d'une allée de la petite librairie Henri-Julien. Elle avait essayé des drogues, comme les jeunes de son époque, mais ne ressentait pas le besoin d'en parler. C'est rare que les gens réussissent à te parler de choses dont tu ne veux pas entendre parler. Elle était seule avant toi et seule avec toi. Elle aimait le cinéma, l'après-midi. Faire l'amour ailleurs qu'au lit. Elle ne faisait pas de sport. Le camping, ça ne lui parlait pas vraiment. Elle aimait visiter ses parents, pas trop longtemps. Sophie avait du mal à terminer ses études parce qu'elle ne savait pas ce qui arriverait une fois que ce serait terminé. Elle croyait peut-être qu'il n'arriverait rien. Elle marchait beaucoup. Elle pouvait marcher rapidement même si elle avait de petites jambes. Elle n'avait pas vraiment d'amies. Elle avait de la difficulté à se projeter dans l'avenir.

Même lorsqu'elle dormait, elle était formidable. Elle était la campagne qui s'insère dans la ville par ces avenues bordées d'arbres. Elle était les lames de soleil qui entrent profondément dans la maison. Elle n'était pas du genre à vivre comme si quelque chose de merveilleux allait assurément arriver un jour. Elle aimait le soleil. Elle savait la valeur d'une terrasse un après-midi de la fin avril. Elle portait des lunettes de soleil. Elle n'était pas du genre à se priver de pain en mangeant. Elle aimait le dessert. Sa mère disait : « Elle a la dent sucrée. »

Sophie souriait beaucoup. Elle riait fort. Quand ça n'allait pas, ça n'allait pas. Elle doutait. Elle doutait de son propre bonheur. Elle pleurait, souvent. Elle avait du mal à imaginer sa vie. Elle n'aimait pas le froid. Elle était forte. Elle était têtue. Elle n'était pas facile à arrêter. En un instant, elle avait les yeux pleins d'eau. Elle ne craignait rien qu'elle. Ça arrivait par à-coups. Tu dis : « Elle ne voyait ni n'entendait plus rien. » Tout devenait noir. Elle pouvait éclater de rire à n'importe quel moment. Elle portait des foulards trop grands pour elle. Des maillots de bain une pièce. Elle aimait se baigner dans la mer. Elle y pénétrait tout doucement, jusqu'à s'y engouffrer. Les vagues dans la mer sont toujours plus belles un peu plus loin. Parfois, il te vient à l'esprit qu'elle vivait comme si elle était déjà en train de partir. Il t'est arrivé de penser que c'était comme si elle t'avait glissé entre les doigts. Elle, tout lui avait glissé entre les doigts. C'est une image qui te revient en tête. De l'eau qui fuit. Un chevreuil qui disparaît dans la forêt. Lorsqu'elle s'habillait avec des couleurs voyantes, ce n'était pas tout à fait elle. Elle aimait s'asseoir sur les banquettes au restaurant. Ses pieds ne touchaient pas toujours par terre. Elle portait du rouge à lèvres rouge. Elle avait de toutes petites mains et tu les serrais dans les tiennes.

Elle te faisait rire avec ses lunettes qui lui donnaient cet air de la fille dans *Scooby-Doo*. Elle avait le corps droit. Elle était petite, brune, avec de belles hanches. Elle pouvait apparaître rondelette alors qu'elle ne l'était pas du tout en réalité. Elle était jolie. Un visage rond et lisse qui prenait des couleurs en été. Ses cheveux étaient foncés, soyeux. Tu ne sauras jamais ce qu'elle serait devenue. Elle était magnifique avec un toupet. Des yeux marron, profonds comme un lac. Elle ne voyait presque rien sans ses lunettes. Une nuit, tu l'avais guidée vers la salle de bains. Sans toi, elle aurait pu se blesser. Elle ne mettait pratiquement jamais de robe. Portait des jeans. Tu l'adorais dans ses petits pantalons. Au début, elle s'habillait comme les gens de la campagne qui s'installent en ville et qui cherchent maladroitement à se conformer. Puis, elle a trouvé peu à peu sa façon de s'habiller bien à elle. C'était une femme discrète. Autant elle pouvait se montrer capable de céder à ses désirs, impulsive, autant elle pouvait se contraindre, se contenir. Lorsqu'elle portait un chandail à col roulé, tu aimais la serrer dans tes bras et la retenir longuement. Tu la trouvais belle. Elle sentait le sexe. Tu trouves les mots impuissants pour la décrire. Elle apparaît parfois dans la pièce. Elle est là. Elle irradie. Elle est une puissance nucléaire. Tu ne te souviens plus très bien si elle désirait des enfants. « Vivre, c'est rêver des vies qu'on ne vivra jamais », écrit Michel Schneider. Ce qu'il y avait d'étonnant chez elle, c'est cette incroyable incapacité à anticiper ce qui allait arriver dans dix ans, un an, un mois, un jour. Au fond, elle se pensait sans lendemain.

On ne se tue pas un jour de plage. On ne se suicide pas quand on est au sommet du bonheur, sauf parfois chez Dostoïevski. On n'y écrit pas un roman non plus. Il ne faut pas déconner. Il y a des moments pour tout. Sophie, elle ne s'est pas tuée pour la beauté du geste. Ni par coquetterie. Ni pour avoir sa place dans l'histoire. Elle s'est tuée parce qu'elle était devenue aveugle à la beauté. Parce qu'elle se sentait piégée. Ce qu'il y a de bien avec la mort, c'est qu'il n'y a pas de coupable. Il ne peut pas y avoir de coupable. Ce n'est juste pas possible. Ce serait invivable si nous étions responsable de notre mort. Ce serait pire si nous étions coupable de celle des autres. Les problèmes parfaits sont ceux pour lesquels il n'y a pas de responsables. Le désir est fort de prouver des choses. Mais c'est très ennuyant. Il est assez comique de penser que l'on se tuerait parce qu'on n'a pas réussi quelque chose. C'est vrai qu'il n'y a pas beaucoup de survivants à la fin. Toute vie est interrompue. Elle se continue à travers l'autre, mais cela aussi peut avoir une fin. Même partie, Sophie a un avenir lorsque tu penses à elle. L'été, Sophie avait chaud. Elle aimait lire, cuisses dénudées et genoux repliés, sur une chaise de plastique sur le balcon d'en avant. Elle lisait des romans et elle lisait Milan Kundera. C'était une drôle d'époque.

20

Tu te rendais au siège du Parti à toute heure du jour ou de la nuit. Tu étais fébrile, chaque fois. Il y avait un grand escalier intérieur qui partait de la rue Saint-Hubert et auquel vous accédiez par une porte vitrée jusqu'au sol. Un escalier droit, long, pentu, étroit, trop éclairé. C'était le bout de rue des cafés-terrasses mal dégrossis, des machines à sous et des magasins de vêtements de fin de ligne. Tu te rendais tout en haut, au dernier palier, en croisant parfois une tête connue qui partait au même moment. Ils avaient toujours l'air de gens bien habitués à se parler à eux-mêmes, comme s'ils répétaient sans cesse un discours dans leur tête. Tu étais un jeune parmi d'autres jeunes. Les gens en général avaient du mal à vous différencier. On met toujours du temps à reconnaître la génération qui suit. La nouvelle génération met du temps à se définir. Elle est toujours un peu intimidée.

Tu t'y rendais en métro, par la ligne orange. Les gens qui rêvaient d'y travailler, sans y avoir accès, appelaient ça le « National », comme ailleurs les communistes parlaient du « Centre » pour décrire l'appareil bureaucratique du Parti. Curieusement, il y avait toujours cette idée que les militants, les vrais, ceux du terrain, n'arrivaient à réussir, quand ils y parvenaient, qu'en contournant le « National », par définition cachottier, hautain et passif. C'était l'un de ces lieux de décision que chacun se plaît à détester tout en rêvant d'y accéder. René Lévesque était passé par la rue Saint-Hubert, les espions du fédéral aussi. C'était presque écrit sur les murs. Dans ce dédale de corridors, de bureaux et de salles de réunions de différentes tailles, toute une faune pataugeait. D'immenses cartes accrochées aux murs présentaient les régions et comtés du Québec. C'était le centre nerveux, et on y avait le sentiment d'être au cœur du réacteur. Vous pouviez y rencontrer des tas d'hommes pressés et quelques femmes d'exception. Les deux Louise, Pauline. À la direction générale du Parti, Monique Simard était aux commandes.

— On ne lâche pas, les gars ! lançait-elle en passant sa tête dans l'embrasure de la porte.

Vous étiez là et vous en veniez naturellement à croire qu'il n'y avait pas de meilleur endroit au monde où être à ce moment. C'était là que ça se passait. Vous montiez l'escalier et plus rien d'autre n'existait. Certains jours, il y avait une effervescence folle à l'étage. Il pouvait y avoir du monde entassé dans chacun des bureaux qui s'alignaient le long du corridor. Tu n'aurais pas été surpris d'y trouver des chambres et des petits salons privés, tant certains semblaient y vivre en permanence.

Tu ne te souviens pas d'avoir croisé Parizeau à la permanence du Parti. Ses proches conseillers y apparaissaient parfois. Comme des aigles, ils semblaient disposer d'une vision si pénétrante qu'elle leur permettait de distinguer le plus faible mouvement d'une proie à des kilomètres à la ronde. Ils avaient cette faculté toute naturelle de générer autour d'eux un ingénieux alliage de crainte et d'admiration. Parizeau était plus grand que nature. On chuchotait qu'il y était la veille ou qu'il y viendrait le lendemain. Tu n'as jamais su si c'était réel ou fantasmé. Il n'avait pas besoin d'être présent pour prendre toute la place. Dans les années précédant le référendum, tu ne te souviens plus très bien comment tu partageais ton temps entre la permanence du Parti et l'université. Lorsqu'on fait de la politique, on a forcément plusieurs vies. On est l'étudiant qui va à ses cours comme tout le monde et l'obligé du Parti. On est ce travailleur qui n'arrive plus à se concentrer sur son travail. On est l'amant qu'on ne reconnaît plus et cette personne qui se parle à elle-même dans l'escalier. Les partis politiques sont remplis de solitaires. La politique est une activité de groupe pour solitaires. Les révolutionnaires aboutissent rarement parce qu'ils passent trop de temps en réunion.

21

Le référendum avait été perdu. Le référendum avait été gagné. Il y a eu un référendum en 1995 parce qu'il y en avait eu un quinze ans auparavant. Parce qu'il y a eu Lévesque, parce qu'il y a eu Trudeau. Parce qu'il y a eu toute cette histoire de peuple sans histoire et ces quelques arpents de neige. Il y a eu un référendum parce qu'il y avait cette idée d'indépendance, parce qu'il y avait des Québécois. Que serait-il arrivé si Parizeau n'avait pas insisté pour que ce référendum ait lieu? Les seules personnes qui croyaient qu'il allait le tenir étaient celles qui n'en voulaient pas. Celles qui voulaient absolument qu'il en tienne un doutaient qu'il aille jusqu'au bout. On doute que les gens fassent ce qu'ils ont dit qu'ils feraient. Il avait décidé que ce référendum aurait lieu. Tu n'arrivais pas à y croire. Ce référendum allait se tenir parce qu'une tentative pour que sa nécessité même disparaisse avait échoué. Il y a eu un référendum parce que Parizeau avait promis qu'il y en aurait un s'il gagnait l'élection, et qu'il avait gagné. Parce qu'il était le chef du parti indépendantiste. Qu'il avait été élu. Qu'il était prêt à prendre la plus importante décision de sa vie. Parce qu'il était entêté. Parce qu'il n'écoutait personne. Parce qu'il y croyait. Il y a eu un référendum parce que des millions de gens y croyaient.

Il y a eu un référendum parce qu'il y avait eu les Premières Nations, les explorateurs, la colonisation, la Conquête, le rapport Durham, la création d'une confédération qui était pensée pour minoriser les francophones. Il y a eu un référendum parce qu'il y avait eu la Révolution tranquille. Il y a eu un référendum parce qu'il y avait des francophones. Il y a eu un référendum parce que c'était l'année du cochon dans l'astrologie chinoise. Parce que le fruit était mûr. Parce qu'il y avait mille raisons. Il y a eu un référendum, mais il aurait tout aussi bien pu ne pas avoir lieu. En 1995, tu savais cela. Il y a eu un référendum parce que Trudeau avait rapatrié la Constitution sans l'accord du Québec. Parce que les anglophones du Canada avaient mieux à faire que de régler des problèmes pour lesquels ils ne se sentaient pas concernés. Parce que l'indépendance était encore à faire. Dans un monde où tous avaient fini par croire qu'il ne se passe jamais rien, cette idée de voir si la rotation de la Terre allait changer de côté était en soi un grand événement. Il y a eu un référendum parce qu'il y avait le Québec.

L'idée d'indépendance est comme le bassin d'eau contenu par les deux portes d'une écluse. Il s'agit parfois d'un petit bassin. Un tout petit bassin. Parfois, l'idée n'existe que dans la tête de quelques-uns, ou n'est encore que latente, dans une forme d'état d'hibernation. C'est le calme plat. On veut qu'elle reste en vie le temps qu'elle est dans le sas. Le sas, c'est aussi pour qu'elle ne meure pas. On se tient tranquille. On avale des couleuvres. Ce n'est pas grave. On se dit que ce n'est pas bien grave. Nous vivons une vie courte dans l'histoire longue. René Lévesque était déjà mort en 1995. C'est parce qu'on est déjà mort qu'on ne peut pas mourir. C'est parce qu'on est mort que l'on peut revivre. Il n'y a qu'un temps entre Zénon et Hadrien. Entre la Révolution et l'Empire. Gertrude Stein et Yourcenar. Kennedy et Obama. Il n'y a qu'un temps entre chacun des étés de ton enfance. Entre l'ouverture et la fermeture du chalet. Entre chaque voyage à Old Orchard. Entre la naissance et la mort. Une seconde de plus et tout renaît. Les choses vivent en toi. C'est toi qui les fais vivre.

La campagne référendaire elle-même avait été toute douce, toute belle. Dans ses dernières heures, tu avais assisté à une prestation de Gilles Vigneault dans une salle bondée de Longueuil. On chantait des chansons. *Voilà c'que nous voulons.* Un chef fédéraliste avait brandi son passeport sur une scène extérieure, au centre-ville de Montréal. Des gens étaient venus en autobus, d'aussi loin qu'on se souvienne. Tout était beau. Le vote allait se dérouler sans violence, pas besoin d'observateurs de l'ONU. C'était une journée d'automne, déjà un peu fraîche. Les débats avaient été des débats. Tout restait dans les normes. On allait assister à l'entrée d'un nouveau pays dans le concert des nations. La plus douce de l'histoire. On se donnerait la main en se disant qu'au fond, c'est mieux comme ça, pour tout le monde. Au revoir, là-bas. Il y avait quelque chose qui clochait, mais personne n'arrivait à mettre le doigt dessus.

Tu avais voté à Montréal. Tu te souviens qu'il y avait une file tout l'avant-midi devant ton bureau de vote, et ce jour avait été le jour le plus long. C'était au sous-sol d'une école primaire. Il faisait soleil, mais le temps était frais. Tu te souviens qu'à la mi-campagne – peu après la désignation de Bouchard comme négociateur en chef –, la température avait atteint vingt degrés Celsius plusieurs jours d'affilée. Le jour du vote, vous portiez vos petits manteaux d'automne. Sophie fumait dans l'attente. Vous saviez ce que vous alliez faire. Une campagne si douce ne pouvait que donner un résultat si doux. La campagne s'était déroulée sans que personne ait eu à détacher sa ceinture de sécurité. Le taux de participation atteignit des sommets vertigineux. Une chose t'avait frappé : on utilisait le même mot – campagne – pour désigner le lieu d'où tu venais et pour décrire une opération politique ou militaire. La campagne avait été tranquille comme ta campagne. Pour finir, ce serait l'amnésie pour tous.

En 1980, tu n'avais que neuf ans. De cet âge, on peut conserver des souvenirs très précis. Certaines choses, tu te les rappelles exactement comme elles étaient. Il arrive que des personnes puissent reconstituer des dialogues vingt, trente, quarante ans après les faits. Yourcenar a écrit des centaines de pages sur les années qu'elle a vécues avant l'âge de trois ans. Tes souvenirs des mois ou des semaines ayant précédé le premier référendum sont impressionnistes. Ce n'est que peu de choses en fait. Un macaron sur ton chandail. Des affiches dans la côte de la rue de l'Église. Des soirées devant la télévision. Des discussions décousues dans la cour de l'école. Les images de la soirée référendaire qui circulent depuis ce temps, tu les connais, certes, mais ce ne sont pas les tiennes. Ce sont des images génériques comme celles de la visite du général de Gaulle à Montréal.

Quinze ans séparent les référendums de 1980 et de 1995. Quinze ans, c'est la période qui s'est écoulée entre la défaite de l'Allemagne en 1919 et le référendum qui permettra à Hitler d'avoir les pleins pouvoirs à titre de *führer* et de chancelier du Reich en 1934; c'est l'espérance de vie moyenne d'un chat; c'est le temps qu'exista le groupe rock Offenbach; c'est la période qu'il fallut à Napoléon pour passer de l'apothéose qu'a représentée la victoire de Marengo contre les troupes autrichiennes à l'échec final de Waterloo; c'est le nombre d'années où Pierre Elliott Trudeau a été premier ministre du Canada; quinze ans, c'est le temps qu'a pris Proust pour écrire *À la recherche du temps perdu*. En 1995, Chrétien et Parizeau arrivaient tout droit des années soixante – de la Révolution tranquille, années charnières de l'affirmation du Québec –, où ils n'étaient tous les deux que dans la trentaine. Quelque chose allait nécessairement mourir le 30 octobre. Durant les années soixante, il existait deux sortes de nationalismes : celui des Québécois qui voulaient changer le Québec, et celui des Québécois qui voulaient changer le Canada. Pour Chrétien, le compagnon de Trudeau, et Parizeau, celui de Lévesque, l'heure était donc venue de mener le combat décisif.

Quand on écrit, c'est toujours après l'événement. On est dans le monde d'après. Ce qui s'est passé est passé. Le grand temps de l'écriture est le passé. Ce qui arrive est toujours nouveau, inusité, même si ça s'était déjà produit mille fois. Rien ne s'est jamais produit avant. Qu'aviez-vous réellement perdu ? Et qu'aviez-vous gagné ? Valait peut-être mieux penser que ce n'était pas grand-chose, au fond…

— C'est ce que tu penses ?

— Je n'en sais rien.

— Ah ! Tu me rassures !

Personne ne peut savoir ce qui serait advenu sans Mulroney pour tenter de réconcilier le Québec et le Canada ; sans Chrétien et Trudeau pour torpiller l'accord ; sans Parizeau pour déclencher le référendum ; sans ces quelques jours de chaleur du milieu d'octobre ; personne ne peut imaginer le monde dans lequel nous aurions vécu si Sophie ne s'était pas suicidée.

22

Dans le monde d'avant, tu étais déjà client de la Hotdogeria. Tu n'es pas certain d'y avoir déjà mangé sur place. Tu te souviens de l'affichage rouge et jaune criard sur l'édifice qui faisait le coin des rues Rachel et de l'avenue De Lorimier. Il y avait tout près une pharmacie, une petite épicerie. Ce n'était pas encore la mode des petits cafés et des tatoueurs à chaque coin de rue. Tu as certainement déjà parcouru le menu – que tu avais sans doute déjà retrouvé dans ta boîte aux lettres, il y avait beaucoup de choses étranges dans les boîtes aux lettres à cette époque. Tu avais accumulé dans un tiroir de la cuisine un petit trésor de menus de restaurants faisant la livraison dans le quartier. C'est après la mort que tu devins un client fidèle. Tu n'avais pas besoin de réfléchir. Tu connaissais le numéro de téléphone par cœur ; pourtant, tu n'as jamais été bon pour apprendre les numéros par cœur.

Avant de prendre la commande, on te demandait l'adresse. Au bout du fil, on te rétorquait sans hésiter : « Une moyenne poutine, sauce régulière. » Tu aurais voulu disparaître, te sentant démasqué.

Tu comprenais que tu n'échapperais pas à grand-chose. Tu commençais souvent des phrases sans les finir. Quand tu étais petit, ton père répétait que le problème n'était pas le problème, mais la façon dont tu te comportais face au problème. À la mort de Sophie, tu étais loin de ton père. Loin du monde entier. Tu voyais le monde de trop près ou de trop loin, tu ne savais plus. Tu avais opéré un repli stratégique. Tu marchais seul. Tu dormais seul. Tu vivais seul. Tu étais seul, même quand tu ne l'étais pas. C'était le proche après. Tes premiers pas dans le Nouveau Monde. Le retour sur Terre. La reprise des forces au camp de base. Il fallait se refaire. Dormir les lumières allumées encore quelque temps. Diminuer le rythme cardiaque. Après la mort, tu te faisais livrer des poutines de taille moyenne à répétition. Cela faisait partie de ta rémission.

Au même moment, un ami t'avait pris sous son aile. C'était un ami formidable. Tu étais un tout petit homme à côté de lui. Vous aviez mis beaucoup d'années à vous apprivoiser. Vous n'étiez pas faits l'un pour l'autre. Vous aviez construit ça tout seuls, tous les deux, comme des grands. Parce que c'était lui, parce que c'était toi. Vous deviez penser que c'était une bonne idée. Il n'avait peur de rien. N'ayez pas peur. Il semblait sûr de tout. Pris dans n'importe quel pétrin, tu sais qu'il aurait réussi à te tirer d'affaire. Sa présence te rassurait. Tu pouvais te consacrer à autre chose, comme à ne penser à rien ou à regarder par la fenêtre en auto. C'est une bonne ou une mauvaise habitude que tu as gardée. Tu aimes regarder loin tout autour et partout à la fois, même lorsque tu conduis. Tu n'es pas mort dans un accident d'automobile. Il était très engagé dans le camp du « Oui » durant le référendum, lui aussi. Il a eu le même résultat que les autres. Il est mort parce qu'il pouvait mourir. Il est mort comme un mur de briques qui s'effondre. C'était avant que l'on fasse de belles murales sur les murs de la ville.

Tu crois que, sur son lit de mort, ton ami aurait pu rire encore de ce moment où vous vous étiez retrouvés tous les deux dans un hôtel du quartier Kensington, à Londres. Il faisait noir dans la chambre comme si vous dormiez tous les deux dans une sorte de bunker. C'était toujours le proche après. Tu n'étais encore certain de rien. Le téléphone avait sonné en pleine nuit. C'est toi qui avais décroché. Au téléphone, on demandait le numéro de la chambre dans laquelle vous étiez. Surpris, tu n'avais pas réussi à dire le numéro de la chambre correctement en anglais. Ces détails que l'on se raconte par la suite comme si c'était plus vrai que vrai. Les choses simples. Celles qui vous font rire.

Un soir, vous étiez allés vous enfermer dans une salle de banlieue pour un spectacle rock d'un groupe dont il connaissait chacune des paroles des chansons. Vous étiez les seuls Blancs dans la rue entre le métro et la salle de concert. C'était un spectacle du groupe Fish, au Shepherd's Bush

Empire. Ton ami était un passionné de musique, il avait assisté à des centaines de concerts. Il était bien dans ces atmosphères sans lendemain. Un soir, vous étiez revenus à pied à l'hôtel à partir de Trafalgar Square, un trajet de plus d'une heure. C'était au fond une façon de prolonger le jour et la nuit. Tu étais avec lui, plus que lui avec toi. Tu l'accompagnais dans ce voyage en quelque sorte, alors qu'il avait certainement fait tout ça pour toi. Tu crois cela. Tu en es persuadé. Il avait voulu te prendre sous son aile. Il voulait te sauver. Il t'avait amené en voyage avec lui pour te sauver. Mais si on lui avait posé la question, même sous la torture, il n'aurait rien avoué. Il aurait haussé les épaules, l'air exaspéré. Il était comme ça. Il n'était pas du genre à réclamer les honneurs. Tu étais bercé par lui. Tu as mis du temps à revenir du front. Pour être sauvé, il faut d'abord avoir été vaincu. À sa mort, bien des années plus tard – il avait été victime de ces maladies possibles à la mi-quarantaine, comme un cancer ou une crise cardiaque foudroyante –, c'est à ces moments perdus à deux que tu pensais.

23

Tu es de ton époque sans être de ton époque. Tu veux être de ton temps, de tous les temps. Tu sais que l'époque n'a pas toujours raison. Tu sais que les idées qu'on ne défend pas finissent par mourir. Que tout ce qui n'est pas digne d'une bataille ne mérite pas de vivre. Vivre, c'est partir en campagne. Les gens ont besoin que l'on se batte pour eux autant que de se battre eux-mêmes pour exister. L'amour a besoin que l'on se batte pour lui. Le passé a besoin de nous. Les idées ont besoin de nous. La liberté a besoin de nous. La vie même a besoin de nous. Tout vit tant que c'est en toi. L'avenir appartient à ce qui ne meurt pas.

Ce que tu sais: on ne peut jamais revenir en arrière. Sophie, tu l'avais échappée. Cette pensée aurait pu te tuer. Elle était passée à autre chose, parce qu'elle n'avait nulle part où aller. L'histoire n'est pas écrite d'avance. Une seconde de plus ou de moins. On appartient toujours un peu plus au passé qu'au présent. C'est là toute la puissance du passé. Il nous définit pour toujours. Quand c'est toi, c'est toujours un peu le passé. Les morts ne peuvent rien pour les vivants. Ce sont les vivants qui font vivre les morts, qui leur donnent un avenir. Quand on passe sa vie la tête dans le rétroviseur, on est nécessairement une personne d'avenir. Pour que l'avenir ne meure pas, le passé doit survivre. L'avenir est impensable sans le passé. Parce que l'avenir vient toujours de loin.

Le souvenir est une tentative de garder le gaz à l'intérieur de la bouteille. Lorsque c'est écrit, c'est déjà passé. Proust a été un écrivain oublié pendant vingt ans, avant un retour en grâce dans les années cinquante. C'est pourquoi Proust a tout un avenir. Tu ne meurs pas tant que quelqu'un pense à toi. Sophie a laissé des livres dans la bibliothèque. Tu as lu certains des livres qu'elle a laissés derrière elle en partant. Et tu y as ajouté tes notes, comme tu le fais toujours en lisant. L'avenir se passe dans la mémoire des vivants. Les livres qui ont appartenu à des gens qu'on aime ne sont pas de simples livres. Ils portent en eux quelque chose du passé, que l'on retrouve comme ces feuilles d'érable que l'on fait sécher entre les pages des gros livres lorsqu'on est enfant. Les livres vivent tant qu'ils sont lus. Comme elle vit toujours tant que tu seras là pour t'en souvenir.

Le soleil, l'automne, pénètre profondément dans la pièce et lèche les livres dans la bibliothèque de chêne blanc. Après toutes ces années, ses livres à elle y sont comme des voyants lumineux. Tu mènes ta vie entre la campagne et la ville. Les aiguilles de pin au sol te ramènent à ton enfance. Tu es là comme au bord des choses. Entre le présent et le souvenir. Quelque part entre les deux où tu es bien. Tout ce que vous avez fait ensemble est vivant. C'est à toi maintenant. Même la mort ne peut te l'arracher. Le passé, tu ne voudrais pas qu'il s'éteigne. Il faut une bonne dose de nostalgie pour faire un futur, de Gaulle savait ça. Tu parles la langue de tes parents et de leurs parents avant eux, une langue qui s'est transmise de génération en génération. Certains jours, tu as cette idée que Sophie vit en toi comme s'il s'agissait d'une course à relais. Longtemps, tu as pensé qu'elle était morte.

24

Les premières années, Sophie et toi, vous faisiez le trajet en autobus. C'étaient de vieux autobus de la fin des années soixante-dix, froids en hiver, suffocants en été. À l'intérieur de l'habitacle, tout bougeait tellement que l'idée de lire ne vous venait même pas à l'esprit. La horde de passagers se partageait entre ceux qui avaient leur Walkman et les autres, la tête dans les fenêtres. C'était le début des années quatre-vingt-dix et traînait encore dans les rues un restant de ces énormes automobiles américaines des décennies précédentes. Il y a toujours des bouts du monde d'avant qui pointent dans le nouveau. L'autobus quittait le terminus Berri et se faisait un chemin en zigzaguant entre les automobiles jusqu'à la courbe qui permet d'accéder au pont Jacques-Cartier. Tu fixais l'horloge Molson dans l'espoir de voir les aiguilles bouger. Il fallait être patient.

Hemingway a raconté que ça lui avait pris cinq jours pour descendre jusqu'à la Côte d'Azur. À partir de Paris, il s'était arrêté dans toutes sortes d'endroits qui lui rappelaient ses passages précédents.

Ça pouvait être un hôtel, un bout de route donnant sur un hameau qui lui avait fait grand effet, ou un château dont il tenait à revisiter certaines parties, comme on le fait avec un livre. Tu te souviens que, sur la route entre Montréal et Québec, on pouvait encore apercevoir les vestiges de dizaines de motels. Tu sais aussi qu'à une époque, il y avait un chapelet de ces motels jusqu'à Tadoussac par le nord et Percé vers le sud. Tes parents avaient fait leur voyage de noces à Sainte-Anne-de-Beaupré. Hemingway et Fitzgerald avaient quitté Lyon pour Paris avec une auto dont le toit rétractable avait été retiré pour faire plaisir à Zelda. Ils s'étaient fait prendre par de terribles orages, et bien après la mort de Fitzgerald, Hemingway continuait à raconter cette histoire en lui donnant un peu plus d'ampleur chaque fois. Il avait pris des notes – par chance, certaines personnes prennent des notes – que le temps amplifiait, comme il amplifie tout. L'une des choses qui différencient le plus Hemingway de Fitzgerald, c'est qu'il lui a survécu une vingtaine d'années avant de se suicider.

Ce trajet d'autobus entre Montréal et ta campagne, tu l'avais fait des dizaines de fois seul. Sophie t'accompagnait désormais. Tu avais été étonné que sa campagne soit là, juste à côté de la tienne. Vous n'aviez pas mis beaucoup de temps à vous en rendre compte. Les gens de la campagne se reconnaissent entre eux. Ce sont des gens de la campagne en ville. Ils mettent des années avant de se sentir autrement, sans y réussir totalement, même si tu en connais qui y ont mis beaucoup d'efforts. Vous aviez discuté dans le corridor à la sortie d'un cours. Peu à peu, vous vous êtes mis à vous chercher du regard dès que vous entriez dans une salle de classe. Puis, après vous être assurés de pouvoir vous observer, vous avez fini par vous asseoir côte à côte. Vous veniez de deux campagnes différentes, mais pour s'y rendre, il fallait monter dans le même bus qui quittait la ville par le même pont. C'était déjà une histoire formidable.

Sophie et toi, vous veniez de campagnes qui n'étaient pas tout à fait les mêmes. L'une regardait vers Montréal et l'autre, vers Québec. Vous aviez tous deux grandi dans le bassin versant du fleuve, mais vos solitudes non plus n'étaient pas tout à fait les mêmes. Ton village était un petit village. Sa ville, une ville moyenne surplombée d'une montagne. Si vous aviez regardé tous les deux par la fenêtre, le même jour, à la même heure, en toute synchronicité comme l'on voit dans les films parfois, rien de ce que vous auriez aperçu tous les deux n'aurait été tout à fait pareil, ni tout à fait différent. Vous étiez deux enfants du même âge qui n'existaient pas encore l'un pour l'autre. Vous étiez si proches, pourtant. Dans la cour derrière chez toi, il y avait de grands arbres, et en particulier, tout au fond du terrain, un érable immense qui avait été fendu par la foudre, bien avant ta naissance. La fissure s'était refermée et l'on voyait encore une profonde et longue cicatrice qui le parcourait de haut en bas, au creux de laquelle tu aimais te réfugier. Adossé à cet arbre, tu te sentais tout-puissant.

Vous preniez l'autobus ensemble, Sophie et toi. Peu importe le nombre de fois où ça s'est réellement produit, tu en as le souvenir. Tu regardais par la fenêtre pendant qu'elle fermait les yeux. Bien des années plus tard, lorsque tu voyageras entre Montréal et Québec en autobus, souvent avec deux ou trois collègues d'autres cabinets ministériels, le souvenir se réveillera. Tu lui serrais les cuisses, cela te donnait des sensations. L'autobus traversait les Montérégiennes. Tu regardais la voie ferrée qui courait le long de l'autoroute à travers les plaines du Saint-Laurent. L'hiver, tu comptais les motoneiges qui filaient dans les champs. Vous étiez ensemble, Sophie et toi, et cela te suffisait. Tu ne sais pas à quoi elle pensait. Elle disait qu'elle avait hâte de retrouver sa famille, et cela te semblait relever avant tout de la curiosité. Le plus souvent, vous restiez en ville les week-ends, et les voyages à la campagne s'étaient de plus en plus espacés. Lorsque l'on quitte la campagne pour aller faire des études en ville, il y a quelque chose qui se brise et qui ne se répare jamais totalement par la suite, même si on revient y vivre. On ressent toujours quelque chose comme un sentiment d'abandon.

25

Le Québec, tu l'as parcouru de région en région, de bord en bord. Tu sais que rien n'est tout à fait pareil d'un endroit à l'autre. Comme militants politiques, vous rouliez de ville en village. Vous deviez être partout à la fois, tout le temps, le but étant de se faire élire. Vous étiez alors des gens de la ville qui arrivaient à la campagne. Il est impossible de vous percevoir autrement. Lorsqu'on passe de la campagne à la grande ville, c'est un point de non-retour : ceux qui sont demeurés à la campagne ne peuvent pas vous compter parmi les leurs. On ne peut pas être de la campagne et de la ville. C'est l'un ou l'autre. Après 1995, tu referas ces trajets des dizaines de fois avec des ministres, puis la première ministre. Rencontres militantes, visites d'hôpitaux, conférences de presse, visites d'usines, congrès politiques. La politique du monde d'après, c'était sans Sophie. C'était le Québec indépendant pas indépendant. C'était ton monde à toi. Tu comprendras que, la politique, elle y avait peut-être cru plus que toi.

Comme les quartiers des grandes villes, les campagnes sont multiples. On vient d'un coin de rue, d'un immeuble d'habitation, d'un bout de village, d'un rang. Il y a des frontières infranchissables entre certains quartiers d'une même ville, entre les différents bouts de rue d'un village. Il y a des frontières infranchissables dans la vie, et l'on s'obstine à penser qu'une ville est un tout, que toutes les campagnes se valent, et qu'un nom et une adresse suffisent à retrouver le fil d'une vie. Les rues et les quartiers des villes portent le nom des rangs et des villages d'autrefois. Il existe des photos de Rosemont ou de Rivière-des-Prairies les montrant en lieux de villégiature. Cette rue, jadis, était un rang de gravier. Chaque quartier, chaque village a son histoire. Mitterrand avait une phrase pour décrire chacune des communes françaises. Sophie venait d'une ville de campagne, juste assez loin de Montréal et de Québec pour encore exister par elle-même ; tu venais d'un village où vous aviez vécu tout près de la croisée des rues de l'Église et Principale, entre la caisse populaire et le presbytère. En 1995, vous serez tous les deux des gens de la campagne en ville. Le référendum sera perdu. Sophie, même si elle vivait en ville, sera enterrée dans un cercueil de bois à la campagne, sous les arbres. La plupart des gens de la campagne, lorsqu'ils reviennent à leurs origines, c'est pour y mourir.

Sophie ne connaîtra jamais d'autre récit de 1995 que celui de ce banc de brouillard qui, d'un coup, avait recouvert le Québec tout entier, comme au petit matin dans les ports des Îles-de-la-Madeleine.

Quelques jours après le référendum, au Salon du livre – où de longues files silencieuses s'étaient formées pour rencontrer les Marie Laberge, Daniel Pinard et Michel Tremblay –, on raconte que le ciel était si bas que tout le monde avait l'impression d'être atrophié. Ce n'est qu'au lendemain de la mort de Sophie que le brouillard se leva, comme pour marquer lui aussi que vous passiez à autre chose. À sa mort, il n'y avait pas encore de récit, situation délicate pour un peuple qu'on disait sans histoire. Balzac aimait illustrer comment les histoires se racontent à l'intérieur d'une campagne, puis d'un quartier, d'une ville. Il disait que les choses ne voyagent pas également. Que certaines histoires ne franchissent pas le seuil d'une simple maison, alors que d'autres prennent le grand chemin et deviennent l'histoire de tout un groupe de gens. Lorsque tu arrivas ce soir-là sur le théâtre des opérations, juste là, au dernier palier, c'était encore « avec pas de récit ». Le récit de 1995, combien de temps encore prendra-t-il avant d'émerger vraiment ?

26

Sophie n'avait besoin de personne. Elle ne voulait dépendre de personne. Elle allait décider, vous alliez bien voir ce qui allait arriver. La dernière chose qu'elle aurait voulue, c'est que l'on pense qu'elle attendait après quelqu'un ou quelque chose. Elle faisait son chemin. Elle ne voulait pas déranger. Elle n'aurait pas voulu que vous vous en fassiez pour elle. Elle se voulait indépendante. Elle voulait croire qu'elle décidait de sa vie, qu'elle était libre et qu'elle faisait ce qu'elle désirait au plus profond d'elle-même.

Elle irait faire ses études à Montréal. Elle se prendrait un appartement. Elle n'allait jamais revenir dans sa campagne, elle se l'était juré. Elle aimait l'anonymat de la ville. Les journées à ne rien faire. Pour elle, il ne devait jamais y avoir de retour en arrière, même si la grande balançoire n'en finit pourtant jamais d'osciller. Elle irait à l'université. Pour quoi faire ? se demandait-on autour d'elle. Ce n'était pas toujours une question facile à laquelle répondre. Surtout qu'elle n'attendait rien.

Vous étiez tous les deux de la première génération où les mères, de plus en plus, travaillaient.

Sophie et toi étiez des exceptions : vos mères étaient à la maison. Tu sais que ce serait mieux de présenter les choses différemment, sauf que vos mères étaient à la maison et que c'est tout de même difficile de le dire autrement. La mère de Sophie était dans un milieu où beaucoup de femmes travaillaient. Ta mère ne connaissait que très peu de femmes qui travaillaient, essentiellement des infirmières, des maîtresses d'école et des caissières à la caisse populaire. Tu n'as jamais perçu que ta mère souffrait d'un quelconque sentiment d'infériorité. Son curseur intérieur pointait toujours davantage vers le passé que le présent.

Les parents de Sophie avaient une piscine ; les tiens, un chalet. On voit bien que c'est autre chose. Tu n'as pas souvenir qu'un suicide ait été évoqué dans ta famille. Vous étiez peut-être la seule famille sur la Terre sans suicide. La famille de Sophie était peut-être une famille-sans-suicide, avant Sophie. C'est difficile à dire. Lorsqu'on pense à son enfance, on pense en réalité à un groupe d'amis dont on partageait la vie et les lieux. Tu ne sais rien des amis d'enfance de Sophie. C'est l'une de ces choses dont elle ne parlait pas. Lorsque tu parles de la vie de Sophie, c'est de l'Ancien Monde que tu parles. Au Japon, l'une des sociétés où il y aurait le plus haut taux de suicide, on a tendance à critiquer de façon négative tout ce qui sort du lot, ce qui n'entre pas dans le moule. C'est Haruki Murakami qui écrivait que le Japon « est un pays qui pose l'harmonie comme valeur suprême : on ne doit pas causer de troubles ».

Le chalet était à une quinzaine de minutes en automobile de la maison familiale. C'était un chalet simple avec un foyer et un poêle à bois ; tel que tu le connaissais, il était le résultat de multiples ajouts et transformations. Quand vous partiez, c'était toujours une aventure. Il ne fallait rien oublier, revenir sur vos pas était impensable. Il fallait tout prévoir. Vous fermiez l'eau pour éviter un dégât. Si ta famille avait vécu dans le sud de la France, tes parents auraient fermé les volets comme dans *Le château de ma mère*. Quand on a une piscine, on peut très bien aller y faire trempette, puis rentrer à la maison pour y récupérer un livre ou aller à la toilette. Ça développe une autre vision du monde. On se croit tout permis. Lorsque tu imagines une piscine dans la cour arrière d'une maison, tu penses à des enfants faisant « la bombe » en rigolant. Des années plus tard, il te vient à l'esprit que Sophie ne t'a jamais parlé de fêtes d'amies à la maison, d'amies qui viennent s'y baigner, ou y dormir. Les conversations au chalet tournaient autour de la promenade que vous feriez plus tard ou de celle que vous veniez tout juste de terminer. Il y avait ce temps entre deux activités – ces temps morts qui vous permettent de creuser en vous-même –, qu'on occupait en se lançant la balle ou en ne faisant rien, assis sur des chaises en bois du côté du lac.

Ce souvenir fait remonter à la surface le plaisir que tu avais, enfant, à grimper la montagne magique derrière la maison pour y embrasser du regard le village tout entier, puis les fermes et les vallées l'entourant. Cette montagne était ton terrain de jeu. Elle était magique parce que tu en avais décidé ainsi et, de là-haut, tu avais un point de vue unique sur le monde. Ce souvenir te mène de ton village à Paris, où tu te vois tôt le matin au sommet de la butte Montmartre, au pied du Sacré-Cœur, reprenant ton souffle en admirant la ville blanche à l'horizon. Tout en haut de l'Acropole-des-Draveurs, à Charlevoix, tentant de suivre le trajet des canots sur la rivière au fond du gouffre. Sur le toit de l'une des maisons de Gaudí, à Barcelone, un jour chaud et humide, ta chemise détrempée sous ton veston. Près de la Mosquée bleue, à Istanbul, avec cette vue imprenable sur la mer de Marmara et le Bosphore. Au haut de la colline derrière la basilique Sainte-Marie-Madeleine de Vézelay, sur un promontoire près de la rue du Château, où s'étend devant toi la plaine infinie. Au pied de la Croix de Lorraine, tu te souviens, oui, tu te souviens de cette étendue vallonnée, belle et fière. Il arrive qu'en réimaginant le passé, on le réenchante. Les souvenirs deviennent alors œuvres d'art. C'est l'un des secrets les mieux gardés. Il y a en toi Pompéi, *Du côté de chez Swann* et les tapis que fabriquait ta mère sur un métier à tisser artisanal que tu gardes encore dans ton grenier.

Sophie et toi, vous êtes tout de suite tombés amoureux l'un de l'autre, même si elle croyait qu'elle n'était pas faite pour s'attacher. C'était après 1989. Il y avait déjà un peu plus d'un an que vous passiez toutes vos nuits ensemble lorsque les Ukrainiens votèrent pour l'indépendance à plus de quatre-vingt-dix pour cent. Vous aurez été amants de l'automne 1990 à l'automne 1995. Vous aimiez lire au lit le matin. C'était au temps où le Québec vivait sur la pointe des pieds. Quelque chose allait arriver. Personne ne savait quoi. Mais vous vous prépariez, en quelque sorte. Ça glissait de partout. Le gouvernement voulait survivre jusqu'à la dernière minute de la dernière heure. On inventa un référendum pancanadien sur rien pour passer le temps. On marchait beaucoup sur la peinture, ces années-là. À Ottawa, les libéraux fédéraux allaient balayer les conservateurs de Mulroney en promettant de remettre le dentifrice dans le tube. Les Québécois allaient faire Bloc à Ottawa autour de Lucien Bouchard. Ça freinait des quatre roues de partout. Ça valsait d'un bord à l'autre de la route glacée. En 1994, Los Angeles fut secouée par un important tremblement de terre, et Berlusconi arrivait au pouvoir en Italie. Au Québec, le parti indépendantiste reprenait les rênes du gouvernement. Après ces années de tous les dangers, on s'agrippait comme on pouvait. Tu voyais bien qu'il fallait rembobiner tout ça. Faire comme si de rien n'était. Le Canada ne changerait pas; le Québec ne serait pas indépendant. Il ne fallait pas le dire. Ça aurait été trop triste. Ceux qui s'en aperçurent plus tôt que les autres ne survécurent pas. C'était le nouvel ordre local. Oubliez tout ça, les amis. Rentrez à la maison. Ce n'était qu'un rêve. La longue traversée du désert débutait. Personne n'avait pu perdre et personne n'avait donc gagné.

27

Quelques mois après le passage de Parizeau à Paris en janvier 1995, tu t'y retrouvas avec une dizaine de représentants de partis politiques. C'était une sorte de mission d'observation de la campagne électorale française du printemps. L'entre-deux tours de l'élection présidentielle allait durer deux semaines qui te paraîtraient deux mois. Les Français suivaient les débats canado-québécois avec un mélange de curiosité et d'incompréhension. Tous ceux que vous croisiez étaient perplexes devant l'éventualité de ce référendum. Ça faisait tellement longtemps qu'on en parlait que vous ne saviez plus très bien quoi en penser vous-mêmes. Vous ne saviez même pas s'il allait se tenir au printemps ou à l'automne, voire jamais. On parlait de virage, de changement de stratégie, on se perdait en conjectures.

Vue de la France, cette épopée québécoise avait quelque chose de romantique. D'un côté, plusieurs étaient charmés par cette ténacité à vouloir continuer d'exister en Amérique. Pourtant, c'était bel et bien le Canada que la France côtoyait au G7. « La France et le Canada sont des pays amis », avais-tu entendu dans une réception à l'hôtel de Lassay, de la bouche d'un proche de Chirac, qui vous recevait tout sourire. Cela démontrait bien l'ambivalence française face au Québec, avais-tu pensé, et cela sonnait comme un avertissement. Rétrospectivement, les gaullistes eux-mêmes avaient bien du mal à interpréter le « Vive le Québec libre » du général. Beaucoup pensaient qu'il avait d'abord voulu embêter le Canada, trop proaméricain à son goût. Ses successeurs, y compris Mitterrand, n'ont jamais été près de la cause québécoise. En 1995, la position de Chirac en faveur de la reconnaissance d'un éventuel Québec indépendant étonnait même dans son camp. Jean Chrétien s'en était d'ailleurs amusé. À gauche, l'ancien premier ministre Michel Rocard demeurait proche des indépendantistes québécois, mais il ne comptait plus beaucoup politiquement, alors que le candidat du moment, Lionel Jospin, n'avait jamais démontré d'état d'âme face à l'avenir du Québec. Au cours d'une discussion à bâtons rompus lors d'un événement précédant le discours que devait prononcer Jospin au stade de Bercy, Rocard vous avait lancé, frondeur :

— Et puis, la question, vous la décidez ou non ?

C'était le sujet de l'heure. Le débat sur la question était une relique du référendum de 1980, le gouvernement Lévesque optant alors, au bout d'une pénible réflexion, pour une question alambiquée qui ne changea rien au résultat. Curieusement, le même questionnement refit surface au printemps 1995.

On ne connaissait pas la question, on feignait de ne pas la connaître, mais tout le monde connaissait la réponse. Le mystère nourrit la politique, et celui-ci dura des mois. Toutefois, à ce stade-là de l'histoire, à peu près tout le monde avait la certitude que, si un référendum se tenait, peu importe quelle serait la question, les résultats seraient pratiquement identiques à ceux de 1980.

Vous aviez pénétré dans le stade par les coulisses avant qu'on vous guide à vos sièges, juste devant la scène, quelques rangées seulement derrière les caciques du Parti. Le stade était bondé. Vingt mille personnes rassemblées en soutien au candidat de la gauche. Ces années-là, Céline Dion était une habituée du Palais des sports de Bercy, où elle fit salle comble plusieurs fois. Mais ce jour-là, c'est Jospin que la foule était venue entendre discourir, plus d'une heure, sans notes. Tu étais bluffé. C'était avant Obama, avant les télésouffleurs transparents. Jospin venait de loin. Au PS depuis bientôt toujours, il avait été compagnon de Mitterrand et était le premier candidat socialiste à la présidentielle après ce dernier. Lui aussi, il fermait une boucle.

L'odeur des meetings politiques, tu connaissais. Tu avais assisté à des dizaines de rassemblements au cours des dernières années. Tu avais vu Reagan et Mulroney à la télévision. Quand tu avais atteint l'âge de raison politique, c'est Parizeau qui dominait la scène. Il avait une présence hors de l'ordinaire. Un mélange de retenue, de hauteur, d'humour, de classicisme et d'onctuosité. Ses discours étaient à la fois des leçons de politique pour ceux qui l'aimaient et d'incroyables repoussoirs pour ceux qui ne pensaient pas comme lui. Depuis des millénaires, la politique est une affaire de discours. Tu aimais ces atmosphères de fin du monde où tout peut arriver. La tension dans la salle. Les applaudissements à tout rompre. Les silences. L'attente. La musique qui claque à l'arrivée du chef. L'avancée vers l'estrade en se faufilant entre les militants gonflés à bloc. Les gardes du corps qui doivent fendre un chemin dans la foule. La lumière au bout du tunnel.

Parizeau disposait d'un pilote interne sans lequel il n'aurait pu se rendre si loin. Se rendre jusqu'au bout, c'était un pari fou, véritable roulette russe. Mais il y allait tête première, et se rendrait à destination, mort ou vif. Il n'y avait rien qui n'aille aussi peu de soi que cette idée de faire l'indépendance. C'était une idée révolutionnaire, et comme toutes les idées révolutionnaires, elle est extrêmement difficile à tenir sur la durée. Parizeau avait tenu jusque-là. Il tomba juste après. Il avait pu déclencher le référendum non seulement parce qu'à ce moment précis de l'histoire, il détenait le pouvoir, mais parce que c'était lui et personne d'autre.

— Si on perd, ce sera ma faute.

Parizeau était un poseur de bombes. Des bombes à fragmentation. La défaite est toujours personnelle parce qu'elle ne peut pas être collective. C'est juste impensable. La déflagration fut si grande qu'elle a assommé tout un peuple, peut-être pour l'éternité. Près de quatante ans après Tchernobyl, la peur demeure, mais la nature a repris ses droits.

Tu es debout derrière la salle. Personne ne voit la scène comme tu la vois, n'entend comme tu entends. Il y a cent, mille, dix mille personnes. Chacune d'elles a sa relation avec l'orateur. Celui-ci est le lion dans la salle. L'orateur doit être le lion dans la salle. C'est le propre des meetings politiques. Lorsque Sophie te cherchait dans une salle, elle savait toujours où te trouver. Tu étais derrière. Assis parfois, debout souvent. Tu avais du mal à tenir en place. Ces rassemblements politiques auxquels tu assistas à partir de 1990, tu es le seul à les avoir vécus comme tu les as vécus. La place que tu occupais était ta place. Cette place est unique. Tout le monde peut dire : j'y étais. Il n'y a que toi pour avoir vu ce que tu as vu. C'était pour toi. Tu es le seul à avoir entendu ce que tu as entendu.

Très jeune, tu comprendras que la politique est une affaire personnelle. Lorsque quelqu'un le nargue, l'élu a toujours cette envie de rappeler qu'il a eu le courage, lui, de se mettre en danger.

— N'en fais pas une affaire personnelle.

— Comment pourrais-je faire autrement ? Ils ont voté contre moi : c'est contre moi !

— Ce n'est pas de toi qu'il s'agit.

— Bien sûr que oui !

La politique est toujours une affaire personnelle.

D'un discours à l'autre, de balles courbes en balles papillons, le camp du « Oui » devint le camp du changement. « *Peace and love* ». « OUI, et ça devient possible ». L'amour est dans le pré. Quand les affiches du « Non » apparurent, tout le monde fut soufflé. C'était si simple. Si clair. Écrit en bleu et rouge sur les affiches le long des autoroutes. Un « Non » ne voulait pas dire un « Oui ». Il n'y avait pas d'ambiguïté. « Oui » ou « Non ». C'était simple. « Non » voulait dire non. « La séparation ? On a raison de dire NON ». C'était ça, au fond. Chacun avait ses raisons. Et dans le monde d'après, chacun aura ses raisons d'oublier. De faire comme si de rien n'était. De passer à autre chose.

28

Sophie avait longuement hésité pour le choix de ses études. Mais ce qui pouvait ressembler à de l'indécision n'était peut-être qu'un trop-plein de sensibilité. Lorsque tu l'as connue, elle était encore préposée aux bénéficiaires dans un centre d'hébergement de l'Est de la ville. Elle n'y travaillait presque plus à ce moment-là, ne consacrant pas davantage de temps à ses études. Elle en était venue à détester un travail qu'elle avait d'abord tant aimé. Elle ressentait une grande fatigue juste à y penser. Elle avait commencé par refuser des quarts de travail avant de remettre sa démission. C'était l'un de ces emplois que l'on fait pour payer ses études. Au début des années quatre-vingt-dix, on n'apposait pas encore des étiquettes sur tous les maux. Elle s'était inscrite en enseignement pour ne pas choisir, comme on décide de continuer à marcher encore quelques pâtés de maisons avant de revenir sur nos pas lors de longues promenades les soirs d'été, guidé par on ne sait quelle étoile. Sophie aimait s'attarder devant des maisons, souvent les mêmes, où l'on pouvait apercevoir à la lumière du soir des familles encore à table. Tu te dis qu'elle n'aura jamais trouvé sa bonne étoile.

Le programme de baccalauréat en enseignement secondaire réserve une place importante à la formation pratique. Quatre stages obligatoires sont prévus dans le cursus, à raison d'un par année. Tout ça semble aller comme sur des roulettes. « Ces stages sont supervisés par des formateurs ou des chargés de cours, dont les compétences englobent la psychopédagogie et la discipline enseignée. » On dirait un texte écrit par un rédacteur de discours de ministre.

Elle en était à son troisième stage. Cette fois, on l'avait envoyée dans une école secondaire à Saint-Henri. Tu te souviens que vous étiez allés magasiner des vêtements propres lorsqu'elle avait commencé les stages. Les premières fois que l'on doit s'habiller pour le travail, on fait sans le savoir des choix qui nous colleront à la peau pendant des années. Vous n'étiez jamais vraiment descendus jusqu'à Saint-Henri. Le coin ne faisait pas partie de vos circuits. On connaît rarement une ville, plutôt certains de ses quartiers seulement. Ce jour-là, tu avais été réquisitionné pour te rendre tout près de l'école qui lui avait été assignée. La campagne référendaire allait être déclenchée officiellement dans quelques jours. C'était le secret le moins bien gardé de l'univers. Les rassemblements avaient débuté à travers tout le Québec. Sophie avait quitté l'appartement tôt le matin et marché jusqu'au métro Laurier. Elle avait pris la ligne orange sans Walkman, encombrée uniquement de son sac à main. Certains jours, la préparation de la campagne semblait aller si rondement que de petits groupes étaient constitués à la hâte et dépêchés dans certains quartiers pour inciter les gens à appuyer le « Oui ».

Ça avait été pensé pour rire. C'était une sorte de blague. On va embêter la stagiaire. C'était sa première journée dans cette école. À partir du métro, elle avait marché jusqu'à l'entrée de l'école et elle avait un peu cherché l'accès réservé aux professeurs. Les jeunes fumaient sur le trottoir. Elle devait se rapporter au secrétariat.

— Sophie ?

— C'est moi.

— J'espère que ce n'est pas ta première journée parce que, si c'est le cas, ça va être dur.

— Merci de vous inquiéter, dit-elle, inquiète…

Puis, elle avait tout oublié.

On lui remit une chemise jaune dans laquelle étaient insérées des fiches où l'on trouvait le numéro du local, le titre du cours, un plan de cours et le détail de la matière à enseigner cette semaine-là. Deux livres accompagnaient l'enseignement du cours d'histoire de troisième secondaire. Sur une grande feuille étaient indiqués les noms des étudiants. Son regard la parcourut : il y en avait trente-huit. On lui expliqua qu'on préférait qu'elle se débrouille une journée ou deux pour « tester l'eau » ; on verrait à la soutenir au besoin par la suite. « On verra bien, oui », s'était-elle dit en serrant le trousseau de clés qu'on lui avait confié et qui allait lui permettre de circuler à peu près correctement dans le labyrinthe de l'école. Les élèves arrivèrent par petits groupes sans trop se soucier d'elle. Ils s'assoyaient un peu partout dans la classe dans une sorte de désordre auquel elle se disait qu'elle finirait bien par s'habituer. Elle était nerveuse, elle devait parler rapidement. Peut-être même qu'elle riait un peu, de ce rire nerveux que tu lui connaissais si bien et qui était l'une des raisons qui auraient pu expliquer pourquoi tu l'aimais, s'il avait fallu donner des raisons.

Tu ne sais pas très bien comment les choses ont dégénéré. C'est probablement une suite de ces circonstances improbables qui, mises bout à bout, constituent un drame. Elle était toute petite derrière son bureau, elle décida donc de rester debout, la hanche appuyée contre lui. Si elle avait déjà connu la matière qu'elle devait enseigner, elle n'en savait plus rien à présent. Elle parlait fort pour se donner de la contenance, cherchant des regards approbateurs au sein du groupe. Elle avait lu quelque part qu'il était très important de « connecter émotivement » avec un certain nombre de personnes dans le groupe. Elle sentait son visage s'empourprer, elle avait l'impression de chercher ses mots ; la journée allait être longue…

Tu es arrivé à Saint-Henri en début d'après-midi pour la séance de porte-à-porte. On avait formés des groupes de trois. L'un de vous se tenait en retrait et préparait le terrain pour la porte suivante, à la manière des travailleurs sur les chantiers de construction. Lorsqu'une porte s'ouvrait, c'était toujours une surprise. Mais, à Saint-Henri, il y avait beaucoup de personnes présentes à la maison en milieu de journée. C'étaient souvent des femmes. L'extérieur des maisons était négligé, et lorsque tu avais la chance d'étendre ton regard loin à l'intérieur, il te semblait que les choses n'avaient pas beaucoup changé dans ce quartier depuis *Bonheur d'occasion*. Tu te disais que la pauvreté de la ville avait un visage un peu différent de celui que tu avais vu dans ton village lorsque tu étais camelot, mais que, peu importe sous quels aspects elle se présentait, c'était toujours la pauvreté. Tu te souviens de regards hagards, de femmes plus ou moins vêtues, comme si personne n'avait cogné à leur porte depuis des années. Elles paraissaient aussi surprises que vous, ne semblant pas toujours savoir qu'un référendum allait se tenir bientôt.

Sophie et toi, vous aviez convenu que tu passerais la chercher à l'école à la fin de ta journée, puis que vous reviendriez ensemble. Elle n'y était déjà plus à ton arrivée. Sa journée avait dû être épuisante, et elle avait sans doute décidé de rentrer plus tôt à la maison. Une dame au secrétariat te confirma que Sophie était partie, sans rien ajouter d'autre. Tu refis toi aussi le trajet en métro en sens inverse pour rentrer à l'appartement. Tu te demandais si c'était vraiment utile, ces journées de porte-à-porte, si, au fond, ce n'était pas qu'une façon de vous tenir éloignés de l'organisation de la campagne. En même temps, il y avait quelque chose de satisfaisant à se dire que l'on avait peut-être sensibilisé quelques personnes à la cause. Finalement, c'était ce qui comptait le plus. On a souvent l'impression de ne pas faire la bonne chose, de passer à côté de quelque chose de tellement plus important. En politique, c'est encore pire, sachant que le temps est toujours compté.

Tu marchais rapidement sur Laurier. Tu as gravi les escaliers jusqu'au dernier étage. Tu avais hâte de retrouver Sophie et de prendre des nouvelles de sa journée. En poussant la porte, tu as tout de suite été saisi par l'humidité dans l'appartement. Tu entendis la douche qui coulait – elle devait couler depuis un certain temps déjà. Après avoir attendu quelques minutes dans le salon, tu t'es approché de la porte. La vapeur en provenance de la salle de bains envahissait le corridor. Il n'y avait aucun autre bruit que l'eau qui coulait dans le bain. « Sophie ? » Silence. La porte était retenue par un crochet fixé de l'intérieur. C'était comme si elle avait actionné la douche, puis qu'elle était sortie faire une course. Tu as distingué des sanglots. Elle devait être recroquevillée au fond du bain. Tu as cette image dans ta tête. C'était une autre de ces journées perdues.

Elle était sortie de la douche et avait filé tout droit dans la chambre. Tu ne savais pas quoi faire, comment agir. On t'a dit par la suite que, si tu te demandais ce que tu devais faire, c'est que tu n'avais pas les bons instincts. Entendre : tu n'es pas une bonne personne. Tu as été heureux d'apprendre ça. Sophie avait fini par te raconter. La honte, l'humiliation. Pendant qu'elle écrivait au tableau, un étudiant s'était emparé des clés qu'elle avait laissées sur son bureau. Quand elle s'était retournée, elle avait senti tout de suite que quelque chose n'allait pas. L'attitude de toute la classe avait changé. Certains riaient, d'autres regardaient par terre, puis ils s'étaient mis à chahuter de plus en plus fortement. Elle était mal, se demandait ce qui avait bien pu se passer. Le ton a monté. Lorsqu'elle a enfin réalisé ce qui s'était passé, la sirène annonçant la fin du cours a retenti et les jeunes se sont poussés dans le désordre vers la sortie.

— Il ne fallait pas laisser vos clés sur le coin du pupitre, ma belle…

— On doit se protéger des élèves, c'est ce que vous me dites ?

— Vous leur avez rendu la vie facile.

— Ce n'est pas un stage, c'est une initiation !

— Pauvre petite, ce n'est pas la maternelle ici ! Vous apprendrez…

— De petits morveux m'ont volé mes clés. Toute la classe s'est solidarisée contre moi. On m'a laissée seule. Et c'est ma faute, c'est ça ?

À la télévision, on ne parlait plus que de ça. Le référendum allait être déclenché. Les médias se préparaient comme à la veille d'un grand festival. C'était encore un vote comme les autres. On ne baignait pas dans une atmosphère de fin du monde. Personne ne parlait de déployer l'armée dans les rues de Montréal, comme ça s'était déjà vu, en cas de victoire du « Oui ». Cela contribuait à cette « drôle de campagne » où les uns et les autres semblaient décidés à ce que rien d'extraordinaire ne se passe. Les uns pour ne pas apeurer, les autres pour ne pas avoir l'air apeurés. Dans les officines du « Oui » et du « Non », on s'affairait à mettre la dernière main à des plans de campagne qui, une fois les hostilités officiellement lancées, seraient vite oubliés. Chaque campagne génère sa propre dynamique, ses fausses bonnes idées, ses drames d'un jour, ses faux pas, ses coups de génie inopinés, ses répliques assassines et ses promesses oubliées avant même d'être prononcées.

Le référendum, les politiques s'y préparaient depuis la mort de Meech, cinq ans auparavant. Et parfois depuis plus longtemps encore, l'accord du lac Meech ayant été pensé avant tout pour réparer le rapatriement de la Constitution imposé par Trudeau après le référendum de 1980. Le coup de force de Trudeau avait décrété la mort du Canada telle que des Québécois l'avaient imaginée – ce dont Meech n'aura été qu'un rappel. La défaite du référendum de 1995 signerait la mort du Québec telle que des Québécois l'avaient imaginée. À partir de là, chacun allait devoir improviser.

À la fin de l'été 1995, tout était en marche. La grande roue tournait à plein régime. Aussi certainement que le printemps après l'hiver, le référendum aurait lieu. Tout le monde tentait de respirer par le nez. Il fallait faire monter la pression sans que ça vous saute au visage. Surtout, ne pas craquer. Ce soir-là, alors que Sophie, encore toute secouée, était collée contre toi, tu avais vu un homme d'affaires exploser en plein vol à la télévision. « On va les écraser ! » avait-il lancé.

Les images avaient été prises lors d'une assemblée militante en faveur du « Non », l'un de ces événements qui se succèdent à une vitesse folle même en précampagne. À partir du début de septembre, les choses s'étaient accélérées dans chacun des camps. On s'exerçait à pousser les moteurs pour atteindre la vitesse maximale sans sorties de route. À lancer des bombes en faisant un minimum de dommages collatéraux. Pour les non-initiés, la politique est le lieu de l'anticipation, des calculs et de la scénarisation. On imagine des salles bondées de stratèges et de rédacteurs de toutes sortes en mesure de répondre à toutes les commandes, d'échafauder les éléments de langage les plus subtils, de trouver à tout coup les mots justes qui produiront sur les foules des effets subliminaux d'une puissance inouïe. On croisera le plus souvent des gens malhabiles, pas du tout préparés pour la tâche qu'on leur a confiée, trop occupés pour réfléchir. Souvent, c'est là où tout paraît plus sensible que l'impuissance est la plus grande.

Aucun comité n'aurait pu imaginer cette phrase : « On va les écraser ! » C'était une phrase non écrite. La préparation avait été bâclée. On lui avait rédigé des notes vites faites dont il s'était déclaré satisfait. Il aurait bien pu les écrire lui-même, ça aurait fait l'affaire de tout le monde. On était occupés à autre chose. C'était l'un de ces hommes d'affaires en vue que personne ne connaît vraiment. Il était diplômé de l'Université Laval et de la London School of Economics and Political Science. Il avait entamé sa carrière au sein de la fonction publique avant de bifurquer vers le privé. En 1995, il dirigeait le siège canadien d'une importante compagnie d'assurance internationale. Tout à coup, tout le monde voyait sa tête sur l'écran. Les projecteurs étaient braqués sur lui comme les feux d'une voiture sur un chevreuil au milieu de la route.

Que pouvait-on craindre d'un homme de sa stature ? Il allait lire les notes qu'on lui avait préparées, et puis voilà. Il n'y a que les professionnels de la politique pour oublier que la politique est une affaire de professionnels. La phrase avait été dite devant un microphone, dans une salle de quelques centaines de personnes, en présence de journalistes et de caméras. C'était une phrase échappée, dite pour faire de l'effet. Ça fait déjà plusieurs minutes que l'on déblatère devant un micro. On n'a pas l'habitude des rassemblements politiques. On se trouve tout à coup ennuyeux. On a hâte que ça se termine. On voudrait que la foule réagisse. Puis nous viennent en tête ces phrases toutes faites. De ces petites phrases qui font bien rire, au chalet, dans la véranda donnant sur le lac, le drapeau du Canada tout neuf au bout du mât. Il avait dit ce qu'ils s'étaient dit. Avec un microphone, on peut tuer des idées et des gens. Une petite phrase comme une auto en feu sur l'autoroute Métropolitaine. Vous étiez tous les deux sur le sofa face à la télévision. La journée avait été difficile. Cette question au centre de l'œuvre de Tolkien te taraudait l'esprit : qui a droit de vie ou de mort sur les autres ? Sophie avait encore les yeux rouges.

— Demain, je ne retournerai pas à l'école.

29

On se bat, on perd, puis on gagne autrement. C'est quelque chose qui vient de très loin en nous. Dans notre imaginaire collectif, il y a de grands voiliers et un froid terrible. Notre histoire est faite de luttes, de recommencements, de résistances, d'enfants morts en bas âge, d'illettrisme, de religions, de batailles perdues de guerre lasse. Ton histoire est un lieu où il n'y a pas beaucoup de lumière. Il n'y a pas de héros, que des morts et quelques survivants. Tu dis parfois : « Ce serait le temps de fermer la compagnie pour la repartir sous un autre nom. » On a le droit d'être fatigué. Ton histoire est une histoire d'amour aussi, bien sûr. Tout paraît noir comme ça, mais on ne sait pas perdre. On reformule les questions autrement. On trouve autre chose. Il y a toujours un endroit où aller. Il fait toujours beau quelque part. C'est le territoire qui nous sauve. Un peuple sauvé par ses paysages. Par l'immensité de ses paysages.

Tu es celui qui est resté. Elle est passée à autre chose, quelques années avant toi. Tu fais le dernier bout tout seul. Tu sais que les obstacles que chacun doit combattre sont avant tout intérieurs. Tu te sens seul, beaucoup, souvent. C'est devenu toi. Parfois, tu arrives à te persuader que son suicide n'a pas eu lieu. Tu es prêt à tout effacer, toi aussi, à faire comme si ce drame n'avait pas existé. Ça ne dure qu'un instant, tu reviens à la raison. «Tu es encore dans ta tête», aurait dit Sophie. Tu lui aurais fait la moue, et elle aurait ri. Puis, tu aurais ri de la voir rire. Comme tant d'autres jours, aujourd'hui est l'une de ces journées où tu passes d'une chose à l'autre, toi aussi. Tu descends chercher un livre dans ta bibliothèque, car tu crois te souvenir que Christopher Hitchens traitait une question à laquelle tu t'intéresses. Elle est là. Elle te regarde. C'est son regard sur toi qui te dit qui tu es. Elle n'a pas fini de te regarder. Après toutes ces années, elle n'en a pas encore fini avec toi.

Sophie était partie juste comme ça. Tout était resté en place. Elle avait laissé sa vie comme on quitte son appartement un instant, de telle sorte qu'on s'attendait à la voir revenir à tout moment. Ses vêtements étaient bien rangés dans la penderie et dans les tiroirs de ce meuble qu'elle avait elle-même décapé un été chez ses parents. Tu te souviens de sa fierté d'y être arrivée, de son sourire un peu narquois. Encore une fois, elle avait réussi là où tu n'aurais pas osé t'aventurer toi-même. Tout était à sa place dans l'appartement. Il n'y avait pas même un verre de cassé. Ce jour a dû être interminable, même si, au début décembre, la nuit vient vite. Tout ce qu'elle avait laissé, c'était une note sur la table de la salle à manger. Cette note était une invitation à rester vivant.

Le Québec est un paquebot pris dans le canal de Panama. On n'est jamais à la bonne place lorsqu'il n'y a pas de place. Un jour, le passé reviendra tout entier à la surface et il réécrira le futur à lui tout seul. Le grand drame de ton temps, c'est qu'on a recommencé à croire à la fin du monde. Tu sais que rien en ce monde n'est fini. Que même si rien ne change, tout change. Que, oui, tout est toujours possible. Sophie est là. Elle est toujours là. Tu ne l'as pas oubliée. Tu te dis qu'elle doit se sentir à l'étroit en toi. Ce n'est pas parce qu'elle n'est plus là qu'elle n'existe plus. Au contraire : elle existe encore plus. Ce sont d'abord les autres qui constituent chacun de nous. En 1995, le Québec est passé à autre chose. Tu as dormi un temps les lumières allumées. Ce qu'elle a allumé en toi est là pour toujours.

30

Au moins trois mois par année, tu as des mocassins aux pieds. Sans chaussettes. Tu ne portes jamais de pantalons courts en ville, sauf en vacances. Tu ne marches jamais torse nu sur un trottoir, même dans ces villages qu'on dit balnéaires. Tu ne mets pas de camisole. Jamais et pour toujours. En arrivant à la maison, tu as l'habitude de changer de vêtements. Tu mets rarement une tuque l'hiver. À la fin des années quatre-vingt, tu avais acheté un cardigan Lacoste gris beaucoup trop cher pour toi. Il y avait comme un relent de mode *preppy* à ton école. Tu n'as jamais aimé qu'on passe une main dans tes cheveux. Tu te sens bien en chemise blanche. Un ami disparu t'avait dit qu'une chemise blanche était la seule acceptable en semaine. Des années plus tard, cela te revenait en tête chaque fois que tu en portais une. Tu égares toujours tes gants l'hiver, tu en traînes donc rarement. Au temps où il fallait mettre une cravate au travail, tu arborais le nœud papillon. Tu aimes le vent, celui qui souffle juste assez et entre par les grandes portes comme les cris des enfants au loin. Sagan affirme que, si l'écriture n'est pas une vraie confession, ce n'est pas de la littérature. Sagan a écrit toutes sortes de choses, y compris des choses très belles et très vraies. Parfois, tu achètes des livres, et ça te prend plus de quinze ans avant de te décider à les lire. À ceux qui voulaient écrire, Hemingway disait: « Commencez par une phrase vraie. »

Tu sais que tu aimes un livre si, en parcourant ses pages, tu souris intérieurement en imaginant le plaisir de l'auteur. Tu aimes le vin, rouge. Tu n'écoutes pas de musique en lisant. Tu écoutes des balados en courant. Tu ne bois pas en écrivant ni en conduisant, ce n'est pas indiqué. Tu marches rarement pieds nus. Tu détestes les mauvaises surprises, tu ne vas presque jamais à la poste. Tu as peur, la nuit, parfois. Tu te rappelles rarement tes rêves. Tu ne vas presque plus au cinéma, tu as mieux à faire, lire ou ne rien faire. Tu lis beaucoup, souvent, quelques pages à la fois. Tu n'aimes pas les poils que les chats laissent sur les sofas. Tu aimes les piscines, tu as peur de l'eau. Tu aimes être bronzé l'été. Les gens bronzés ne se suicident pas. Quand tu penses à ta mort, tu la souhaites, comme le reste, élégante.

— Je parle encore trop, répètes-tu.

Tu aimes faire de la route, seul. Les gens qui se rebiffent contre les longues distances à voiture ne connaissent pas le bonheur de cette solitude. Conduire de longues heures, c'est prendre le temps d'être avec soi, disait en d'autres termes

Serge Bouchard. Tu as beaucoup pensé à la mort, sans qu'elle pense beaucoup à toi, visiblement. L'humanité se compose de plus de morts que de vivants et « les morts gouvernent les vivants », disait Auguste Comte. Tu vis plusieurs vies en même temps. Ta vie avec tes grands-parents disparus se poursuit en toi. À chacune de tes lectures d'Alexandre Dumas, il vit grâce à toi, il est l'avenir à nouveau. « Les vivants ne peuvent rien apprendre aux morts ; les morts, au contraire, instruisent les vivants », écrit Chateaubriand. Et Jean d'Ormesson disait : « Chateaubriand vit parmi nous. » Il avait bien raison.

Tu aimes les lampes de lecture au-dessus des lits à l'hôtel. Les tables de nuit sur lesquelles tu déposes tes livres et tes lunettes de corne. Tu aimes être seul au lit dans l'attente, ou lorsqu'elle vient juste de partir. Les draps blancs des chambres d'hôtel. Les salles de bains avec de grands miroirs. Les halls des grands hôtels comme les hôtels particuliers. Les sofas longs et moelleux. Les salons sombres éclairés uniquement par des lampes de table. Les murs avec des tableaux qui montent jusqu'au plafond. Les gros chiens gentils. Les petites roches que l'on retrouve dans les allées des jardins français. Les casquettes de baseball. Les librairies qui sont encore des librairies. Les ciels immenses et bleus et sans nuages des villes. Tu aimes la campagne parce que tu aimes la ville. Tu aimes les plages, celles de ton enfance sont en toi pour toujours. Tu y reviens sans cesse. Tu aimes lire en silence sans le silence. Tu veux être seul avec des gens tout autour. Au chalet, quand tu étais petit, tu aimais regarder et écouter les adultes bavardant entre eux. Le son du vent dans les arbres est ce qu'il y a de plus beau. Tu ne dis pas que tu es heureux, tu l'as pensé à certains moments. Ce serait comme une admission. Tu n'admets pas grand-chose. Tu pourrais dire que tu n'es pas dans la *business* de l'admission. Quelque chose te retient. Philip Roth disait qu'il n'était pas nécessaire de nous battre contre nous-même. En voiture, seul, la nuit, durant une longue course, dans l'ascenseur en partant, au lit après que la maison s'est vidée, tu te dis : « Je suis heureux. » C'est quelque chose que tu te dis à toi, rarement aux autres. Tu ne sais pas ce qu'ils feraient de cette information. Tu gardes ça pour toi. Pas de bonheur, pas de malheur.

31

On aime, et chacune des phrases, chacun des mots que l'on prononce tombe bien. On aime moins, et les mêmes mots paraissent déplacés. On n'aime plus et aucun mot ne peut rien y changer. Tu crois les mots si importants que tu en utilises le moins possible. Tu considères le silence comme une grande chose. Un espace vital à protéger. C'est ce qui donne son erre d'aller à la vie. Un silence, et tout devient possible. Tu aimes lire étendu sur un sofa. Tous les sofas sur lesquels tu as lu sont tes sofas favoris. Ils sont tes zones franches. Tu n'as pas besoin de casque d'écoute qui bloque les sons extérieurs. Tu lis, un crayon à la main. Toujours. Vraiment, tu n'as besoin de rien. C'est quelque chose que Sophie t'a appris.

L'Histoire, tu la prends en bloc. Tu ne la juges pas. Il n'y a pas pour toi de petite et de grande histoire. Il n'y a que des vies courtes dans un temps long. C'est l'accumulation des temps courts qui fait le temps long. Tu ne peux pas changer le passé. Ni le changer ni l'effacer. Et c'est pourquoi tu ne ressens pas de culpabilité. Elle ne changerait pas ce qui est et ne ferait qu'altérer ce qui vient. Tu ne veux rien manquer. Pour vivre, il ne faut pas mourir. C'est parce qu'il y a un passé qu'il y a un futur.

Tu es à la campagne partout où tu vas. Tu la retrouves dans l'odeur de la ville après une averse, tôt le matin, en traversant un parc, dans la chaleur d'une cour arrière en début de soirée, dans la ville vide des dimanches matin. Tu penses que tout t'appartient, c'est pourquoi tout t'appartient. Tu cherches le soleil, puis tu cherches l'ombre juste à côté du soleil. Tu veux en jouer, passer de l'un à l'autre. Tu veux tout avoir. C'est toujours le bon moment. Tu es un voleur de temps. Les heures, tu les étires comme un champion du monde. On dit : on ne voit pas le temps passer. Tu dis qu'on voit le temps passer. Tu le vois parce que tu veux le voir. Le regarder, le compter, le goûter. Toi, le temps, tu le vois passer. Tu passes d'un monde à l'autre à la vitesse de l'éclair. Parce que tu as tout ton temps.

Le temps viendra. Anna Karénine ne voit plus que les défauts de son mari. Il y a toujours un moment où il semble être trop tard. Tout vient à point à qui sait attendre. Tout semble bien. Tu arrives rarement à être bien. Quelque chose ne tourne pas rond. Il y a parfois un confort à se laisser porter. À cesser de lutter. Ça peut durer des mois, des années, plusieurs vies. Tout est parfait ; quelque chose ne va pas. Rien ne se déroule jamais comme prévu. Ça n'est jamais parfait. Tu ne sais plus ce qu'il faut faire. Tout le monde semble avoir baissé les bras. C'est une illusion. Il faut que ce soit une illusion. C'est sans doute une illusion. Ce n'est pas possible.

— C'est terminé maintenant. Les gens sont ailleurs.

— Tu crois que les idées meurent ? Que tout passe ?

— Je dis simplement que c'est trop tard, qu'il faut passer à autre chose. Ce sont de vieux débats.

— Moi qui pensais que tant que quelqu'un y croyait, ne serait-ce qu'une personne, ce n'était pas mort. Que les idées ne meurent jamais, pas même les mauvaises !

— Je sais bien, mais ce n'est plus le temps. Parlons d'autre chose.

— L'avenir, tu y crois, toi ?

On écrit parce que personne n'écoute. Lorsque tu lis, c'est comme si l'auteur murmurait à ton oreille. Lorsque tu écris, c'est toi qui chuchotes à l'oreille de quelqu'un. Tu crois fermement à la parole. Aux choses dites. Il n'y a pas un jour où tu ne t'emportes pas contre ce que tu considères comme des injustices. Tu es le premier à monter aux barricades, bien avant que les gens comprennent qu'il y a un problème. Tu es à fleur de peau. Tu combats tout le temps. Les livres, ce sont des choses dites pour toi. Ces paroles ont construit ton monde, dans lequel personne ne peut entrer. C'est la citadelle de Goethe, la tour de Montaigne, le jardin de Duras, à Neauphe-le-Château. Tu n'as pas l'intention d'en sortir. Parce que tu y es libre.

32

Tu es un homme du passé comme ta mère a été une femme du passé et sa mère avant elle et la mère de sa mère. Ta mère cherchait la faute. Elle ne savait pas où la trouver. Elle lui semblait toute proche, qui rôdait. Il fallait être prudent. Se tenir sur ses gardes. Ne pas partir trop longtemps. Ne pas aller trop loin. Ne pas trop dépenser. Ne pas trop rêver. Ne pas écouter la musique trop fort. Revenir avant la nuit. S'habiller chaudement. Se méfier du soleil. Des automobiles qui vont trop vite. De l'alcool qui rend fou. De la forêt qui brûle. De l'eau qui noie. Quelque chose était toujours sur le point de survenir. Il fallait être aux aguets. Ta mère cherchait la rédemption. Elle voulait se racheter de quelque chose. Ta mère était belle. On lui disait qu'elle ne faisait pas son âge, et alors, seule occasion où ça se produisait, une immense vague de fierté éclairait son visage rond.

Elle avait ce talent de toujours imaginer le pire. C'était immense et effroyable. C'était des marées hautes comme des maisons. Des bolides de formule 1 dans la rue devant la maison. Le choléra.

La Grande Dépression. L'apocalypse. C'était la promesse d'une mort dans la misère et la douleur. Elle imaginait que tu allais devenir obèse parce que tu mangeais trop de chocolat ; que tu allais mourir jeune, parce que tu ne faisais pas assez de sport ; que tu pourrais te noyer dans le lac si, après avoir mangé, tu n'attendais pas deux heures avant de te baigner ; que tu deviendrais alcoolique, parce que tu avais vu quelqu'un boire de l'alcool ; toxicomane parce qu'elle avait vu ça à la télévision ; elle était scandalisée de te voir sortir l'hiver sans tuque ; elle trouvait que tu écoutais trop la télévision ; rangeais tes bottes trop tôt au printemps ; ne lisais pas assez ; n'avais pas assez d'amis, puis trop d'amis ; elle s'inquiétait de tes notes à l'école qui n'étaient pas très bonnes ; elle avait peur pour toi. En général.

Ta mère aimait le monde dans lequel elle vivait. Elle tenait à le préserver. Ce n'est pas qu'elle n'aimait pas le changement, c'est qu'elle l'aimait lent. Elle voulait que les changements s'opèrent tranquillement. Elle nourrissait à la fois l'espoir du meilleur et la crainte du pire. Elle avait ce talent de rendre également vraisemblables les deux possibilités. C'est peut-être de là que te vient cette idée pas très populaire que, parfois, le pire arrive vraiment, que tout est possible, même le pire. Ce qui te différencie de ta mère, c'est qu'il y avait chez elle une sorte de fatalité. Tu n'as jamais su si elle croyait ou non que vous eussiez quelque chose à voir là-dedans. La religion catholique avait réussi à brouiller les cartes à un tel point que le rôle de chacun dans son bonheur ou son malheur était très peu clair. Devant l'inconnu, mieux vaut se fier à ce qui existe. Si le changement se révèle indispensable, allons-y dans l'ordre, prenons le temps, nous avons tout notre temps. Dormons là-dessus. Pas de gestes précipités. On en reparlera plus tard, ou jamais. Le temps n'est pas encore venu. Il te semblait que ta mère s'inquiétait pour tout et pour rien, mais concernant l'indépendance, tu n'as pas souvenir de l'avoir sentie excédée. Elle ne semblait pas s'en faire outre mesure. Elle avait vécu l'après-guerre, les années soixante, la crise d'Octobre, le référendum de 1980, l'après-référendum, et le monde ne s'était pas effondré. En 1995, comme elle, d'un côté comme de l'autre, bien des Québécois semblaient résolus à ce que le monde ne s'effondre pas.

33

Les lieux sont importants : ils abritent la mémoire. Tu t'enfonces dans ces lieux de mémoire jusqu'au centre de la Terre. Ils sont le décor et le fond des choses. Le temps qu'il fait, l'heure du jour. Ils indiquent tout. Ils ont été ta joie et ta presque joie. C'est un état que tu connais, le presque jour, le presque bonheur, le presque malheur. Tu l'as vécu dans la *shed*. Au sommet de la montagne magique. Au chalet. Dans la cuisine. Au bord de la mer. À l'école du village. À la brasserie. Dans l'autobus. Dans l'appartement. Dans la forêt derrière la maison. À la permanence du Parti. Dans ce petit avion qui transporte le premier ministre à quelques jours du référendum. Chacun de ces lieux a des dimensions multiples. Ils sont la matière avec laquelle se construit l'histoire. Inépuisable. Ils sont l'histoire de l'histoire. Chaque lieu est comme un livre dans lequel tu aurais pris des notes. Parfois, ce sont les lieux qui se rappellent à toi. Les lieux de Sophie, surtout. On croit toujours avoir traité ses traumatismes. Jusqu'à ce qu'ils reviennent en force. Ce qu'il y a avec les traumatismes, c'est qu'ils ne nous quittent jamais tout à fait, ils sont comme des vices cachés qui réapparaissent toujours au mauvais moment. On ne traverse pas une ville d'automne comme une ville d'hiver. On ne visite pas les mêmes pays de la même manière tout au long de sa vie. On ne relit pas le même livre de la même manière à vingt, trente ou cinquante ans.

C'était dans l'édifice d'Hydro-Québec, où les bureaux du premier ministre étaient alors installés. Vous étiez attendus au douzième étage pour une rencontre avec Parizeau. On vous avait installés autour d'une longue table rectangulaire dans une salle sans fenêtres. Un conseiller avait indiqué la place qu'il fallait garder libre pour le premier ministre. À son entrée dans la salle, vous vous êtes levés en bloc. C'était l'année du référendum, mais personne ne pouvait le dire avec certitude. Vous prépariez un grand rassemblement, vous étiez allés vous enquérir de ses réactions. Il avait traité cela comme si c'était de la première importance. On disait partout que Parizeau aimait les jeunes, leur enthousiasme, sans qu'on sache vraiment ce que cela voulait dire.

C'était dans un kebab sur la rue Saint-Denis, juste au sud de Mont-Royal, quelque temps après ton arrivée à Montréal. Tu allais rencontrer Gaston Miron, qui t'avait enfin donné rendez-vous. Tu avais dû insister. En face de lui, tu avais perdu tous tes moyens et tu ne savais plus trop pourquoi tu avais voulu le rencontrer. À ce moment, la fièvre indépendantiste de l'été 1990 commençait déjà à redescendre. On aurait dit que les plus indépendantistes des indépendantistes étaient comme gelés. Tu voyais probablement des ouvertures où lui voyait des portes qui se refermaient. Les étoiles qu'on voit la nuit sont déjà mortes. On entendait ce qu'on voulait entendre. On croyait ce que l'on voulait croire. Il y avait du bon dans tout. Ce serait un atterrissage en douceur. On ne savait plus où l'on allait atterrir. Il n'y avait plus de plan de vol. À la fin, on se retrouverait peut-être au beau milieu d'un champ de patates. Miron est mort en décembre 1996.

Le Québec est un début de soirée d'été avec des gens que tu aimes. Tu es dans le monde d'après. Les lieux, le jour, l'heure qu'il est, les gens avec qui tu es. Tu étais chez des amis dans la côte, à Saint-Irénée, c'était le début de l'automne et vous aviez allumé un feu sur la grève. C'était en Mauricie, en visite chez des amis qui possédaient un chalet sur le bord d'un lac où vous jouiez au hockey les fins de semaine d'hiver après le ski. Vous discutiez de politique jusqu'à tard le soir en échangeant vos listes de lecture. Cette nuit passée dans la roulotte de Pops, sur la rue Sainte-Catherine, à côtoyer la vie chancelante, dure, perdue, vivante et belle aussi. C'était à l'Assemblée nationale, dans l'antichambre située juste derrière le trône du président ; vous étiez une bonne dizaine de conseillers à vous taquiner pendant que les élus débattaient dans le « salon Bleu » juste à côté. C'était à la campagne, près des lignes américaines ; un ami avait préparé un repas avec des champignons sauvages cueillis dans sa forêt.

C'était dans la suite d'un grand hôtel où vous aviez reproduit un studio de télévision afin de simuler le débat du lendemain entre les chefs de partis. C'était dans une cache suspendue à un arbre près d'une ligne d'Hydro-Québec à guetter les chevreuils au petit matin. C'était sur le petit balcon tout en haut de l'édifice Price, à Québec – là où se trouvait l'appartement de fonction de la première ministre –, où vous étiez sortis fumer un cigare, émerveillés par la beauté de la ville et la simplicité du moment. C'était au bord de la rivière à Laterrière, un hydravion avait décollé tôt le matin. Tu étais sur le quai avec un drapeau du Québec hissé sur un mât de fortune. C'était dans l'avion du gouvernement en direction de la Côte-Nord ; la première ministre relevait la tête de ses notes pour regarder la mer par le hublot.

C'était un tout petit chalet en bois à L'Anse-à-Beaufils, au bout du bout du monde, et c'était un moment merveilleux, l'un des plus beaux de ta vie d'après. C'était dans l'autobus de la cheffe en revenant de Rimouski ; vous chantiez des chansons comme si la vie vous rattrapait. Cette dernière journée à l'édifice Honoré-Mercier, à Québec. Tu as rapporté avec toi la petite plaquette avec ton nom, celle qui indiquait la place où tu t'assoyais au Conseil des ministres, juste derrière les ministres.

Tu lisais sur une galerie donnant sur la mer, tu te souviens du chien étendu à tes côtés. Tu relevais la tête et scrutais l'horizon. C'était le bout de la plage, juste avant la rivière Saco. Les gens qui marchaient jusque-là se disaient qu'ils avaient atteint le bout du monde. Tu lisais de gros romans sur la galerie de la maison aux volets verts. Tu sortais faire des promenades. Tout est important. C'est à propos du temps, des défaites, de tout ce qu'il y a en toi de vivant même quand c'est mort. De ce qu'on laisse derrière. De ce que tu portes en toi du passé. De la renaissance aussi. Le Québec renaît chaque matin quand tu te lèves. Tant que tu vis, il est éternel.

34

À la brasserie, il y avait des verres stérilisés et des arachides qu'on ouvrait en s'asséchant le bout des doigts. C'était l'hiver 1990, ta dernière session de cégep. Le frigidaire était rempli de Laurentide. Tu y passais des après-midi avec des copains qui semblaient s'ennuyer moins que toi. Il y avait des vieux qui traînaient aux tables dans le fond. Ils jouaient aux cartes pour ne pas rentrer à la maison, se demandant ce que vous faisiez là. La moitié des autos des copains dans le stationnement étaient à leurs parents. La brasserie appartenait à un ancien joueur du Canadien. Un de tes amis voulait devenir joueur de baseball. Ce n'est pas arrivé. Ce qu'il y a de bien avec le baseball, c'est que tu y vois chaque fois quelque chose que tu n'avais jamais vu. Un autre rêvait d'être écrivain. Il est devenu professeur au collégial. À cet âge, on se croit encore invincible. Rien de mal ne peut nous arriver.

C'était toujours vers le milieu de l'après-midi en semaine. C'était avant la séparation des eaux, celle qui renvoie dos à dos ceux qui poursuivront leurs études dans la grande ville et ceux qui resteront en région.

Chacun se retrouve comme face à une vaste gare de triage où les choix – et les non-choix – distinguent inexorablement. Et les années à venir ne feraient que creuser la distance entre vous. Le soleil pointait à travers les vitres et décolorait le tapis de la table de billard. C'était une question de temps. Tout est une question de temps. Vous étiez des adultes pas tout à fait adultes. La naïveté commençait à se dissoudre, mais le matin où l'âge adulte vous frapperait de plein fouet, emportant avec lui l'air « au-dessus de tout » qui vous caractérisait jusque-là, n'était pas encore advenu. Mais à vingt ans, tu ne penses pas tout ça.

Tu feras ton entrée en ville dans le vide entre la mort de l'accord du lac Meech et le référendum sur celui de Charlottetown, ultime tentative de réparer les pots cassés sans rien promettre à personne. Le mois de juin 1990 avait représenté une sorte de *Ground Zero*. Les années suivantes allaient être celles du grand déséquilibre. Les gens ne savaient plus quoi penser, ou avaient peur de ce qu'ils commençaient à penser, ou savaient maintenant ce qu'ils avaient toujours pensé. Le gouvernement s'activait pour étouffer l'affaire. On fit des états généraux à la hâte pour confirmer ce que l'on savait déjà. Quelque chose se préparait. Tout le monde savait bien que ça ne pouvait pas se terminer comme ça. Tu es devenu très actif dans le Parti au moment où tu commençais à fréquenter Sophie. C'était comme si tout devenait possible. Mais quelque chose vous retenait.

Parfois, les choses disparaissent et ne reviennent pas ; tu ressens une forme d'angoisse quand tu y penses. Comme lorsqu'on t'apprend que tu ne pourras pas retourner dans un endroit où tu étais bien, que tu te heurtes à un monde fini. Tu te sens plus seul chaque fois. Cette impression de perdre une part de ton passé, d'en laisser des morceaux partir à la dérive. Tu t'efforces de faire vivre en toi ces lieux où tu sais que tu ne retourneras plus. Tu te souviens de l'odeur de ta chambre d'enfant avec ses affiches aux murs. De la nuit de ton bal de finissants. Du dernier tour de terrain après la vente du chalet de tes parents. Des adieux à la maison de vacances que tu avais louée sur la côte. De ce camp de pêche où tu es allé pour la dernière fois.

Tu penses à ce dernier été avec Sophie. Vous aviez réussi à fuir quelques jours tous les deux malgré les préparatifs référendaires. Vous en aviez profité pour descendre à la mer, comme vous l'aviez fait avec vos parents, petits, chacun de votre côté. Le père de Sophie vous avait prêté sa Mustang décapotable rouge. Quand vous étiez allés récupérer la voiture, il s'était demandé, comme s'il s'était parlé à lui-même, pourquoi un référendum allait être déclenché puisque la défaite semblait certaine. Vos regards s'étaient croisés. Ce n'était plus le moment de se poser ce type de questions. Tu aurais voulu rétorquer que les défaites n'étaient jamais certaines, qu'avec une mentalité comme celle-là, on n'irait pas bien loin, qu'il fallait savoir se tenir debout pour nos idées, mais tu n'étais toi-même certain de rien, et vous êtes passés à autre chose.

— Faites attention à vous, les enfants! avait lancé son père alors que vous preniez la route à l'aube, et cela vous avait fait tout drôle.

C'est elle qui conduisait – toujours un peu trop vite à ton goût –, et tu te calais bien au fond de ton siège dans les courbes prononcées de la route 26. Vous écoutiez Les Colocs à tue-tête en ne vous préoccupant de rien. Avec Sophie, vous n'êtes jamais descendus dans les Hamptons ni même à Cape Cod. Ce sont des choses que tu vivras plus tard, dans l'autre monde. Ce dernier été, elle ne travaillait plus et elle s'apprêtait à reprendre les cours sans véritable intérêt. Tu te souviens que tu portais une casquette, car tu n'as jamais vraiment aimé la sensation du vent dans tes cheveux. Tu pensais au roman dont tu allais lui faire la lecture, plus tard, à l'hôtel. Elle tournait la tête vers toi avec ses Ray-Ban, comme pour s'assurer que tu étais toujours là. C'était une époque où il n'y avait pas encore tellement de téléphones portables et où partir, c'était vraiment partir.

Ce que tu as vécu, tu ne peux pas le revivre; tu aurais dû vivre plus; on ne vit jamais assez. Cette impression d'aller dans une ville pour la dernière fois, de lire un livre pour la dernière fois, de tenir quelqu'un dans tes bras pour la dernière fois. Tout ça, ce sont des huis clos. Si tu songeais à tout ce que tu ne referas plus, tu ferais trois fois le tour de la Terre. L'ensemble des choses qui ne reviendront plus est impensable. On se débat toute notre vie contre la mort.

35

La foule était immense. Les drapeaux bleus flottaient sur la ville comme jamais. Il faisait une chaleur intense en cette fin de juin 1990. Tu étais monté en ville. Tu n'y avais pas beaucoup réfléchi. Cela te paraissait naturel. C'était un grand défilé de chez grand défilé. On avait mis les petits plats dans les grands. Tu t'étais mêlé à la foule dense à la hauteur du centre-ville. Tu avais été porté par le courant jusqu'au Stade olympique. Il y avait des gens de tous âges, des vieillards, des enfants. Tout le monde était en sueur. Les corps ondulaient comme si la foule rassemblée vivait d'un même rythme. Le sol bougeait sous nos pieds. La terre entière semblait se mettre en mouvement. Le mur de Berlin était tombé, déjà. Frederik De Klerk avait déclaré que « le temps de la reconstruction et de la réconciliation était arrivé », devant les yeux du monde réunis à Cape Town pour la libération de Nelson Mandela. La révolution de velours avait consacré la chute du régime en Tchécoslovaquie. Des hélicoptères survolaient la rue Sherbrooke d'ouest en est. On agitait bien haut de petits fanions bleus à partir des balcons. Une foule sereine, heureuse, libérée.

Au parc Maisonneuve, tu te souviens de l'attente, de l'ambiance bon enfant. Le spectacle allait être le spectacle de tous les spectacles. Il te semblait que vous y étiez des millions. C'était quelques mois avant ta rencontre avec Sophie, et tu sais que, si elle avait été à tes côtés, tout aurait été encore plus merveilleux. Cette nuit-là, si l'on avait regardé la Terre depuis le ciel, on aurait pu voir apparaître, au-dessus du Québec, un halo bleuté. La puissance d'un peuple rassemblé peut créer une sorte de courant électrique si fort qu'il en modifie la surface du globe. Ce soir-là, le Québec était *Les enfants de Minuit*, *Cent ans de solitude* et *Un barrage contre le Pacifique* enfin réunis. C'était la nuit du réalisme magique. Les enfants nés à minuit et une, dans la nuit du 23 au 24 juin 1990, allaient bénéficier de dons surnaturels, c'était bien certain. On fit le trajet de la Terre à la Lune cent fois, en cette nuit magique. Ni ressentiment ni colère, que du bleu montant vers le ciel. L'espérance est ce qu'il y a de plus beau. On raconte qu'on entendit *Gens du pays* de New Delhi à Istanbul, et jusqu'à la place Tiananmen. « On n'a rien vu du Québec qui s'en vient ! » lançait Jean Duceppe. Les étoiles dans le ciel avaient d'un coup changé leur configuration. On aurait dit que toute l'histoire du Québec depuis 1960 avait existé pour culminer en ce mois de juin 1990. C'était le début d'un temps nouveau.

C'était une sorte de basculement. Quelque chose arrivait. On ne serait plus jamais les mêmes. Rien ne serait plus pareil. C'était la fin d'un monde. La chute de l'Ancien Régime. Un monde nouveau allait remplacer l'ordre ancien. En juin 1990 s'ouvrit une parenthèse qui allait se refermer au soir du 30 octobre 1995. Ces cinq années furent parmi les plus exaltantes de l'histoire de la nation. C'était notre fin de siècle à nous. Tu reviendras de Montréal dans la nuit. Il n'était pas question de t'endormir, même arrivé à la campagne, même au lever du jour, tu étais éveillé. Éveillé, t'avait-il semblé, comme tout le monde ces jours-là. Les accords devant renouveler les vœux entre Canadiens et Québécois avaient sombré. Ce qui remontait à la surface, ce n'était que du bien et du beau. Tu n'étais plus seul. Tu croyais que ce bonheur que tu vivais ne s'arrêterait jamais. Que ce n'était pas possible. Que c'était trop puissant. C'était un alignement de planètes tel qu'on n'en avait jamais observé ni imaginé. Le ciel te saluait. Tu te disais : « Tout le monde nous regarde ! »

Ça n'aura pas tenu. Quoi qu'on dise, quoi qu'on fasse. Il fallait que la fièvre redescende. On pelleta du sable sur les braises. On en fit venir de partout au Canada. On parla d'autres choses. On gagna du temps. On noya le poisson. On étira la sauce. On nettoya la cour à grande eau. On parla pour ne rien dire. On organisa de grandes messes où l'on se tapait sur les épaules avant de rentrer à l'hôtel en fin de soirée. On gagnait d'un côté ce que l'on perdait de l'autre. Un peu plus, et il n'y aurait même pas de référendum. Ça ne valait plus la peine. La messe était dite. La leçon du *Sermon sur la montagne*: tends l'autre joue. Sans la folie de Parizeau, il n'y aurait pas eu de référendum. La peur était trop grande. La peur de perdre. Des deux côtés de la patinoire. On craignait que le Grand Soir se transforme en l'une de ces soirées sanglantes qui ont marqué la marche de l'histoire. Personne ne voulait être commandant en second de la brigade légère qui allait mener les troupes à l'abattoir. Le résultat du 30 octobre 1995, celui qui amena les Québécois à cinquante mille votes de l'indépendance, les ténors indépendantistes en furent les premiers surpris. Personne n'avait réellement cru que c'était possible. On croyait à un vain combat. C'était un chant du cygne. Lorsque le référendum fut déclenché, on était bien loin des nuits de juin 1990. L'eau avait coulé sous les ponts.

36

— Martin, Richmond.

Tu avais répété ça dans ta tête des centaines de fois. Vous étiez dans le noir, derrière le rideau au fond de la scène. Sophie y était, elle aussi. Elle avait tenu à y être ce soir-là. C'était une étape de la campagne où de plus en plus de gens commençaient à y croire vraiment. Ce n'est pas qu'ils n'y croyaient pas jusque-là, mais la crainte de se faire mal a fini par s'estomper devant l'effet d'entraînement de la fin octobre. Tomber alors que l'on savait que l'on pourrait tomber, mais y être allé tout de même, parfois à l'encontre de son propre instinct, c'est quelque chose qu'on se pardonne difficilement. Dans les derniers jours, les dernières heures avant le vote, même ceux qui n'avaient pas souhaité s'impliquer, qui n'avaient jamais démontré le moindre intérêt pour la politique ou n'avaient été jusque-là que des témoins silencieux, même ceux qui ne savaient pas ce qu'ils devaient faire, même ceux qui avaient peur, tous ressentaient le besoin de s'engager. En politique, on se fait toujours prendre au jeu. Mais c'est un jeu qui peut être dangereux, on peut s'y blesser. Sophie avait préféré la retenue, une certaine discrétion ; elle n'était peut-être pas faite pour les psychodrames collectifs.

Tu aurais pu te tromper, même en disant ton nom. Tu te souviens, à l'école, vous étiez assis en rond et vous deviez parler à tour de rôle. Tandis que les autres s'exécutaient, tu répétais dans ta tête, tentant de décider par quels mots tu allais commencer, car tu savais déjà que les premiers mots sont les plus importants. Ta bouche était sèche, tu avais à peine le temps de te dire que tu serais le prochain, c'était à toi : allez ! Dans la dernière semaine de campagne, Bouchard avait brandi la une d'un journal rappelant la nuit des longs couteaux. Trudeau était toujours parfait pour promettre des changements qui ne venaient jamais, sauf pour accomplir le contraire de ce qu'il avait laissé entendre. Il fallait lire Pierre Elliott Trudeau entre les lignes, entendre les sous-entendus. Ce qu'il disait n'était jamais ce qu'on entendait. Il faisait des Québécois des malentendants. À ce moment, Bouchard marchait littéralement sur les eaux. Tu avais vu, de tes yeux vu, des gens jouer du coude pour le toucher dans des rassemblements. Il changeait l'eau en vin. C'était le Père, le Fils et le Saint-Esprit. On l'aimait d'amour. C'était nous, en mieux. Vous alliez sortir du rideau, Sophie et toi, comme cent vingt-trois autres, pour dire votre prénom bien fort, et nommer votre comté. Tu parles fort et tu n'es pas ridicule.

L'Auditorium de Verdun rugissait comme dans le bon vieux temps. La veille au soir s'était tenu un grand rassemblement pour le « Non » au même endroit. Visiblement, le Québec était à ce point tissé serré que, même à l'un des moments les plus tendus de son histoire, tout le monde marchait à peu près sur le même fil. Cette soirée du « Non » avait regroupé sur une même scène Jean Chrétien, Jean Charest et Daniel Johnson, qui présidait la campagne et avait prononcé un discours-fleuve comme on le fait lorsqu'on sent que le tapis nous glisse sous les pieds. C'était la dernière ligne droite. Le ciel allait se fendre en deux. Tout le monde fonçait vers le mur. Ce qui ne nous tue pas nous rend plus forts. C'était comme une délivrance. Le jour allait venir. Le premier jour du monde. Celui de l'après. Tu marchais lentement vers le devant de la scène. Le projecteur de poursuite dessinait un rond de lumière autour du micro. Ce lieu mythique avait vu passer les The Clash, Mötley Crüe, Metallica et Guns N'Roses dans les années quatre-vingt. Tu t'avançais vers la lumière. Tu répétais les mots dans ta tête. Il fallait y aller calmement, mais rapidement. Tu n'étais ni le premier ni le dernier. Sophie était passée bien avant toi. Elle avait fait ça comme si de rien n'était, seules ses joues enflammées la trahissaient un peu. Il fallait faire vite. Il n'y avait plus de temps à perdre.

37

C'était le jeudi avant le référendum. Vous aviez été réquisitionnés pour vous rendre à La Pocatière pour un débat entre représentants des camps du « Oui » et du « Non » qui devait se tenir au cégep, situé dans l'ancien collège classique surplombant le fleuve. Il y avait eu des dizaines de débats semblables un peu partout au Québec dans les semaines précédentes, mais aucune journée n'était comme cette journée. Dorénavant, chaque jour était l'un des derniers jours avant le jour dernier. La veille au soir, le premier ministre du Canada avait prononcé un discours à la nation, au moment même où les leaders du « Oui » étaient réunis pour un grand rassemblement à Verdun. « Le Canada, notre pays et notre héritage sont en danger. Briser le Canada ou le bâtir, demeurer Canadiens ou ne plus l'être, rester ou partir, voilà l'enjeu du référendum », avait soutenu Chrétien.

D'immenses pièces tombaient les unes après les autres comme des poignées de dés sur une table de jeu. Chacun jouait son va-tout, tout en étant habité d'une immense quiétude. Le monde basculait, le ciel s'ouvrait, mais à l'intérieur de vous, c'était le calme plat, comme si vous étiez tous déjà entrés dans votre scaphandre.

Tu avais conduit l'auto de location. Vous étiez deux, le président de l'aile jeunesse du Parti et toi, comme des artistes en tournée voguant de ville en ville. Vous étiez bien loin de l'ambiance survoltée de l'aréna de Verdun la veille. Tu te souviens des longs silences pendant le trajet entre Montréal et le Bas-Saint-Laurent. Ces journées de la fin octobre où les fédéralistes n'avaient plus la certitude d'une victoire tranquille, de même que les indépendantistes n'avaient plus la certitude d'une deuxième défaite crève-cœur, étaient une période de prolongation. La partie n'était pas terminée. Il fallait encore déterminer un gagnant. Vous en étiez toujours à penser qu'il devait y avoir un gagnant et un perdant. Tout le monde en était aux dernières figures de style. Un immense rassemblement en faveur du Canada était annoncé pour le lendemain, comme si on levait des troupes fraîches pour renforcer la digue avec des sacs de sable et faire face à la marée montante. Vous regardiez les paysages le long du fleuve. Tout était calme et, pourtant, tout bouillait.

À votre arrivée à La Pocatière, tu avais reçu un appel vous demandant de vous rendre par la suite à Jonquière, où Parizeau devait prononcer un discours en début de soirée. C'est un trajet de quatre heures à parcourir en temps normal.

Mais la politique, c'est l'imprévu permanent. Tu avais dû rouler à toute allure à travers le parc des Laurentides. Tu te souviens de l'incroyable énergie de la foule. De l'entrée triomphale de Parizeau dans la salle. Ces fameux *walk-in* qui charrient toute la puissance émotionnelle que la politique est capable d'offrir, laquelle, à ce moment-ci de l'histoire, était d'une intensité telle que tu ne l'avais jamais vue auparavant, et que plus jamais on ne reverra. Ce saut de puce improvisé du chef à Jonquière, c'était comme si la direction de la campagne avait voulu l'offrir à Parizeau en guise de cadeau de fin de campagne, et d'invitation à tenir.

À la fin de l'événement, l'équipe de tournée vous avait proposé de prendre l'avion de campagne avec elle pour le retour à Montréal. Inespéré et inattendu. En mettant les pieds dans le petit avion, vous avez été projetés dans un monde parallèle. Le contraste entre l'énergie de la foule, quelques minutes auparavant, et l'intérieur exigu et feutré du Beechcraft King Air était tel que vous aviez eu l'impression de pénétrer dans une autre dimension. Un peu comme si vous aviez eu la chance d'entrer, ne serait-ce qu'un instant, dans l'intimité de Parizeau. Mais n'entrait pas qui veut dans l'intimité de Parizeau.

Le King Air flottait dans la nuit étoilée de ce ciel d'automne sans nuages. Tu te souviens que le premier ministre et son épouse avaient discuté brièvement au décollage, alors que les conseillers qui l'accompagnaient fermaient déjà les yeux pour la durée du vol. En quittant la piste de Bagotville, tu avais remarqué les F-18 du gouvernement canadien alignés sur le côté de la piste. Ils étaient restés immobiles sur votre passage. Les quelques mots échangés tout au long du vol le furent à voix basse. Lorsqu'on survole le Québec entre Saguenay et Montréal, on ne peut qu'être saisi par l'immensité du territoire. Parizeau, la tête tournée légèrement vers la droite – toujours vêtu d'un complet marine, d'une chemise blanche et d'une cravate bleue sous un pardessus foncé –, semblait perdu dans ses pensées. Le vrombissement du moteur à hélice. Les villes illuminées qui défilaient. Tu côtoyais les étoiles comme cela ne t'était jamais arrivé auparavant.

Tu avais pensé à Romain Gary à Mérignac, lors de la Deuxième Guerre mondiale. C'était au début de juin 1940, juste avant le fameux appel à la résistance lancé par le général de Gaulle, puis l'armistice signé par Pétain. Ses compatriotes et lui avaient volé de leur propre initiative vers l'Angleterre à bord d'un Den-55, avion avec lequel aucun des membres de l'équipage n'était familier. Ils ne fuyaient pas la France, ils se liguaient pour elle. Gary avait vu le visage des pilotes qui revenaient du combat, les ailes de leurs avions trouées de balles. Il avait vu des pilotes tellement désespérés devant les avancées allemandes qu'ils quittaient le tarmac sans ordres et sans munitions pour aller se fracasser contre les bombardiers ennemis. Tu n'avais plus toute ta tête. La cabine surchauffait. Toutes les lumières y avaient été éteintes. Vous n'aviez pas pris le temps d'enlever vos manteaux. Il n'y avait plus d'heures, ni jours ni nuits.

Que la solitude, la solitude de la nuit, la solitude du pouvoir, la solitude de la décision, la solitude de la défaite possible, la solitude de la victoire possible, la solitude de la solitude. Parizeau, derrière son regard fixe pendant que l'on survolait le Québec, que pressentait-il ? Quelles sont les informations qu'il possédait sur l'issue du vote ? Arrivait-il encore à dormir, ces dernières nuits de l'Ancien Monde ? Vous viviez sur du temps emprunté. « L'idée que la France pouvait perdre la guerre ne m'était jamais venue », écrit Gary dans *La promesse de l'aube*. Vous voliez dans la nuit avant la longue nuit à venir. Il y avait quelque chose d'exaltant dans cet aller simple. Vous ne saviez rien de rien.

38

Au début du mois de décembre, vous aviez été invités à souper chez des amis qui habitaient une maison en rangée qu'ils avaient achetée l'année précédente. La maison, mise sur le marché à la mi-septembre 1994, avait été vendue en quelques jours seulement. Les anciens propriétaires avaient prétexté une mutation professionnelle à Toronto. Ça sentait la fuite, ça ressemblait à une fuite et c'en était probablement une. Ils devaient se dire que ça recommençait, alors que c'était en train de finir. La maison, qui se trouvait juste au nord de la rue Sherbrooke, à Westmount, était située tout en bas de la côte et avait été habitée quelque temps par Marie-Claire Blais. C'était déjà une bonne raison de l'aimer.

Tout était encore en suspens. Le brouillard qui s'était abattu sur une bonne partie du Québec ne s'était pas dissipé. La société tout entière semblait à l'arrêt. Les lendemains du référendum avaient été un grand égalisateur social. Chacun se trouvait face à lui-même. Cela ne pouvait pas durer. Ça prendrait un certain temps pour redémarrer la machine. On dit que ça peut prendre plusieurs semaines pour relancer une aluminerie qui aurait été fermée, ne serait-ce que quelques jours, pour un cas de force majeure. Lorsqu'on arrête la production, on peut endommager de façon irréversible les cuves où est contenu le métal en fusion. Au redémarrage, la puissance de l'électricité et les températures élevées sont telles qu'elles pourraient créer un choc thermique capable de faire exploser les cuves.

Vous flâniez au salon tandis que les invités entraient en se secouant comme s'ils allaient ainsi se dégager du froid qui sévissait déjà à l'extérieur. Ton regard traînait encore sur la bibliothèque lorsque vous vous êtes assis, Sophie et toi, dans des sofas trop profonds qui exigeaient que vous vous releviez pour saisir votre verre sur la table afin de le porter à vos lèvres. Vous vous demandiez combien de temps allait durer ce supplice avant qu'on vous invite à passer à table. C'est fou à quel point le moment avant de passer à table est toujours soit trop long, soit trop court dans ces soirées. Tu as toujours été de ceux qui souhaitent repartir avant même d'arriver. Sophie, elle, n'était jamais vraiment là. C'était peut-être plus simple ainsi. Elle n'avait pas à s'impliquer. Et c'était particulièrement vrai ce soir-là. Elle avait la tête ailleurs, semblait prise au cœur du brouillard.

— Que faites-vous, Sophie, dans la vie ?

Quelques semaines à peine après le référendum, il était déjà difficile de discerner les « Oui » des « Non ». « De toute façon, il faut en revenir », avais-tu entendu à table, sans que personne réagisse. Des sondages publiés juste après le vote avaient démontré qu'une majorité de Québécois prétendait alors avoir voté « Oui ». Ce n'était pas encore tout à fait terminé. Il y avait encore une erre d'aller. Il ne servait à rien de s'obstiner à table chez des amis. Sophie écoutait sans rien dire. On se retournait souvent vers toi dans l'espoir d'une analyse pénétrante. Tu ne savais pas trop pourquoi l'on attendait ça de toi. Tu badinais, comme tout le monde.

— Je n'ai jamais rencontré de fédéraliste. Ça n'existe pas, lança un invité plus âgé que les autres. Je vous le dis, poursuivit-il devant une tablée qui faisait semblant de ne pas comprendre. Un fédéraliste, c'est avant tout quelqu'un qui ne veut pas la séparation. Par chance, le référendum n'a pas eu lieu plus tôt, sinon nous étions faits !

— Arrête, tu as trop bu !

— Cette fois-ci, on n'a même pas eu besoin de promettre quoi que ce soit.

Les invités étaient de plus en plus silencieux. Sophie et toi, vous étiez rendus sous la table. Au fond, elle désespérait que l'on fasse comme si de rien n'était. Elle n'avait pas encore décroché, même si c'était joué. Puis ça recommençait comme des vagues qui venaient sans fin mourir sur la berge.

— Le fédéral n'en laissera pas passer un troisième, ils ont eu peur pour vrai cette fois-ci.

— Ils ne feront rien à nouveau.

— Vous ne comprenez pas, ils ont eu peur pour vrai.

— Peur de quoi ?

Vous vous êtes quittés en promettant de vous revoir bientôt, comme on fait lorsqu'on sait que ce ne sera pas le cas. Sophie et toi, vous êtes repartis tous les deux à pied vers le métro Vendôme, en remontant bien haut le col de vos manteaux et en calant vos mains dans vos poches. Chacun semblait continuer ses réflexions très loin de l'autre.

39

Tu te rends compte de ce qui se passe ? Non, on ne s'en rend pas compte. À vingt-quatre ou vingt-cinq ans, on ne sait pas. Tu ne savais rien. La campagne référendaire est passée en un instant. C'était attendu depuis si longtemps. Trente jours dans une vie. À la fin, ce n'est pas arrivé. Tu ne savais pas que bientôt tout basculerait. Ce n'était pas encore arrivé. Mais ça arrive. Quand on y repense, on se dit qu'on savait, que tout pointait vers un glissement de terrain qui allait tout engloutir, comme à Saint-Jean-Vianney. Le Vieux Monde allait disparaître. On vit les choses comme si on les avait déjà vécues. Pourtant, tout arrive pour la première fois. C'est pour ça que tout recommence, que tout peut toujours recommencer. On ne pouvait pas savoir. On ne sait jamais. On ne se rend pas compte de ce qui se passe. C'étaient les derniers jours de la vie de Sophie.

Tu as remarqué que les gens faisaient toujours comme s'ils n'étaient pas surpris. Comme si tout était attendu. Comme s'ils savaient ce qui allait arriver. Ça semble les réconforter. Ils prétendent tout savoir, ainsi il n'y a de surprise à attendre de rien. Comme si tout était toujours prévisible. Cela t'a toujours fasciné. Cette facilité des gens à nier leur propre capacité de changer les choses, puisque tout est attendu, connu d'avance. Peu de gens avaient imaginé que le mur de Berlin s'effondrerait si rapidement, que l'URSS allait se désagréger comme un vieux pont désaffecté, que les tours jumelles allaient tomber. La vie n'est jamais sans surprise. Au printemps 1914, à Munich, quelques jours seulement avant l'assassinat de l'archiduc François-Ferdinand, Thomas Mann croyait encore la guerre improbable. C'est Proust qui disait que « les faits ne pénètrent pas dans le monde où vivent nos croyances ».

Sur des photos prises durant la Deuxième Guerre mondiale, on voit des gens attablés aux Deux Magots. On parlait de la « drôle de guerre » parce que les gens vivaient durant la guerre, la vie continuait dans la guerre. Sartre et Beauvoir aux Deux Magots. Robert Capa dans le hall tout en marbre du Florida, à Madrid. Dany Laferrière couché à plat ventre sur le sol de Port-au-Prince lors du séisme de 2010. Mitterrand dans Sarajevo en ruines. Malraux à Madrid en 1936. Hillary Clinton avec son gilet pare-balles et ses lunettes de soleil, survolant l'Afghanistan à bord d'un Black Hawk. Lincoln sur le champ de bataille d'Antietam. Koutouzov à Borodino en 1812. Orwell marchant dans les rues de Barcelone assiégée par les forces de

Franco. Martha Gellhorn voulait ressentir au plus près l'effroi des populations piégées. La vie côtoie toujours la mort. Juste là, à côté.

La mort existe parce que la vie existe. Il y a de la vie dans la guerre. Le romancier John Dos Passos, ambulancier auprès des troupes américaines lors de la Première Guerre mondiale, rappelait qu'on s'habitue à tout. Les journaux et les récits de guerre sont souvent les livres les plus lumineux que l'on puisse lire. Hitler exigeait que l'on organise de grands concerts classiques aux pires heures de l'humanité. Jorge Luis Borges se rendait chaque matin à la bibliothèque nationale de Buenos Aires, sous toutes les dictatures. *L'écriture ou la vie*, de Jorge Semprun, rescapé de Buchenwald, est l'un des plus beaux livres de la littérature mondiale. L'histoire est l'histoire de la domination des peuples les uns sur les autres. C'est aussi celle de gens qui s'aiment et pour qui rien ne compte plus au monde que leur amour. Tu ne sais pas te situer dans l'histoire. Toute tentative de le faire serait nécessairement vaine, vouée à l'échec. L'histoire n'est pas écrite d'avance. Vous ne savez jamais si vous êtes au début, au milieu ou à la fin. Une seule chose est certaine : la vie est partout, à l'intérieur de toutes ces forces luttant simultanément. Et chaque jour, la vie recommence.

40

L'ambulance roulait sans bruit dans la nuit froide du début décembre. Les ambulanciers discutaient entre eux en s'arrêtant aux feux rouges. Les rues étaient vides. Ta montre indiquait un peu plus de vingt heures, pourtant c'était déjà la nuit tout autour. Il n'y avait pas lieu d'allumer les gyrophares ni de faire résonner les sirènes. La porte d'entrée de l'appartement avait été refermée par l'un des policiers arrivés peu après l'ambulance. Il y en avait quelques-uns, tu ne sais plus combien. Ils avaient trouvé les réponses aux questions qu'ils auraient pu te poser dans la note laissée sur la table. Ils avaient sans doute refermé la porte derrière toi. C'est ce que font les policiers lorsqu'ils quittent une scène. Ils connaissent leur métier. On t'avait retenu au téléphone jusqu'à l'ultime moment où tu entendrais les sirènes retentir. « Vous entendez les sirènes ? » Entre l'appartement et l'hôpital Notre-Dame, l'état d'urgence avait cédé la place au silence. Une longue nuit débutait. Tu ne savais pas à quel point.

Pour le dire avec les mots de Sagan : « Si j'avais su, c'eût été pareil. » Tu mènes la vie que tu mènes.

Tu t'indignes contre ceux qui ne s'indignent pas assez. Les professionnels de l'indignation t'embêtent royalement. Tu fais de longues promenades dans le rang après le souper. Chaque fois, tu t'émerveilles de l'eau qui traverse le petit barrage pour s'engouffrer sous le pont et en ressortir comme un torrent de l'autre côté, juste avant de joindre le vieux moulin. C'est un peu frais pour la saison. Sophie n'a pas connu cette route qui borde le lac. C'est dans le monde d'après. Sophie est avec toi quand tu penses à elle. Elle existe à ce moment. Tu ne sais pas où elle est entre ces moments où tu penses à elle, peut-être que c'est quelqu'un d'autre qui prend le relais.

— On n'est pas bien ?

— On est bien.

— Tellement.

— Tellement, tellement.

— Vraiment.

L'histoire est toute une histoire. Ta vie était deux vies. Il y avait la version « Avec elle » et la version « Sans elle », et toutes deux étaient ton histoire. Les canards sont bien installés sur le lac. Lorsque les voiliers d'outardes volent au-dessus de vous, vous entendez le battement de leurs ailes dans l'horizon. Au retour, elle s'exclamerait en apercevant la maison : « C'est beau ! » Invariablement, l'un de vous deux dirait que c'est beau. En entrant à la maison, vous prendriez chacun votre côté des choses.

— Tout est fini.

— Oh oui, c'est fini maintenant.

— Tu crois que ça recommencera ?

— Ça recommencera.

— Tu penses que c'est encore possible ?

— C'est quand on croit que tout est fini que tout devient possible.

Imprimé en France par
CPI Bussière
en janvier 2024

#lisez! engagé
www.lisez.com

Pour plus d'information :

Imprimé sur du papier issu de forêts gérées durablement.

N° d'impression : 2074879